下村敦史

Shimomura Atsushi

そして誰かがいなくなる
And then
someone
disappears
中央公論新社

御津島磨朱李《みつしまましゅり》は無機質石灰岩《トラバーチン》がレンガのように貼られた地下室の中で、重厚な王の椅子《キングチェア》に両手足を拘束されていた。ヨーロッパ王室の玉座を復刻したアームチェアだ。オールハンドメイドで、全体にロココ調の彫刻が施されており、アーム部分はライオンの顔が彫り上げられている。椅子全体が相当な重量で、身動きが取れない。

輸入家具の専門店で見つけたキングチェアが、今は自分を監禁する拘束台と化していた。

石壁には、たいまつ形のウォールランプが等間隔で並んでいた。上向きのガラスシェードの中では、炎が揺らめくようなＬＥＤが橙色《だいだいいろ》の仄明《ほのあ》かりを発している。

御津島は脇に目をやった。

壁際には宝箱を模したボックスが鎮座しており、その上に十八世紀ヨーロッパの刀剣が置かれている。隣には数種類の陶器の壺が乱雑に並び、額縁に収められた絵画が何枚も重ねて壁に立てかけられていた。

刀剣を見つめるが、近づくことさえできない。もっとも、模造刀だから手にできたとしても麻縄は切れないだろう。

なぜこんな目に遭わせるのか。

目的も動機も分からない。

信じられない裏切りだ。ジョークなら笑えない。

全館空調《セントラルヒーティング》が地下まで通っており、快適な温度を保っているものの、緊張と疲労から額《ひたい》に汗が滲《にじ》み出ていた。拘束を解こうとずいぶんもがいたせいもあり、湿ったシャツが背中に貼りついている。握り締めた拳の中も汗でぬめっていた。

地下室に時計の類いがないので正確な時間は把握できないが、拘束されてから体感では一時間以上が経っている。一体いつまで放置しておくつもりなのか。

壁と同じく、床もトラバーチンの石畳状になっている。埃《ほこり》っぽい空気が立ち込めている。

——まるでファンタジーゲームの拷問部屋のようですね。

洋館の建築に携わった建設会社の面々や、大工などの職人が口を揃えてそう言った。

それが現実になろうとは想像もしなかった。

鼻で呼吸しながら、正面に並ぶたいまつ形のランプを眺め続けた。揺らめく明かりを見つめていると、催眠術をかけられているようだった。

ゆらゆら、ゆらゆら、ゆらゆら——。

自分が創作物の中の登場人物で、決められた役割《ロール》を与えられているような錯覚に囚《とら》われる。

本格推理小説ならば、さしずめ惨劇の幕開けとなる最初の犠牲者。むごたらしく殺され、異常なシチュエーションで発見される役目――。

発見者たちは当然、その時点では犯人が分からず、自分たちの中に殺人犯がいる可能性を想像し、疑心暗鬼に駆られて心が蝕《むしば》まれていく。次々と殺されていく登場人物。残された人数がわずかになったとき、探偵役が全員を集めて名推理を披露する。

本格推理小説のクライマックスであり、最大の見せ場だ。

難問の数式のように美しく、鮮やかな論理《ロジック》。緻密な推理劇に読者は本を閉じることができなくなる。

だが、これは間違いなく現実なのだった。手首に食い込む麻縄の痛みがそれを教えてくれる。

御津島は口を塞《ふさ》ぐガムテープの下で歯噛みした。

助けが来ることは決してない。何しろ、今このとき、自分と犯人以外にこの地下室の存在を知る者はいないのだから。

地下室に響くように、談笑の声が漏れ聞こえてきた。招待客たちは何も知らず、無邪気に楽しんでいるようだ。

御津島は叫び声を上げようとした。だが、くぐもった音がむなしく漏れるだけだった。

口を塞がれていては、助けを求める声は誰にも届かない。

ぼさぼさの白髪の生え際から滲み出た汗の玉が鼻筋を伝い、赤いベルベットの座面にしたたり落ちてシミを作る。

やがて、階段が軋《きし》む音が耳に入った。

御津島は顔を向けた。通路の向こう側から犯人がゆっくりと姿を現した。緊張で張り詰めた顔つきだ。眼差しにはある種の覚悟が宿っている。

その表情を見て、心臓がにわかに騒ぎはじめた。激しく鼓動するたび、肋骨を内側から叩かれて胸が痛む。持病がある心臓が発作を起こしそうだ。

犯人は御津島の前を素通りし、宝箱を模したボックスに近づいた。そして――刀剣を手に取った。フリーメイソンのマークが刻まれた十八世紀の十字剣だ。鞘《さや》から抜くと、鈍色《にびいろ》の刀身が現れた。

振り返り、一歩ずつ迫ってくる。

御津島は目を剝《む》いた。

一体何をするつもりだ――。

問いたくても声は出せない。ミステリー作家をからかっているのか？　壮大なドッキリなのか？

だが、思い詰めたようなその表情は、笑い話で済ませるつもりがないことを示していた。

恨まれる理由が思い当たらない。

右手に握った十字剣を腰の前に構えた。模造刀だから先端は矯《た》めてあるものの、合金製で硬く、力いっぱい突き出せば充分殺傷能力はあるだろう。

犯人の目は据《す》わっていた。瞳の奥に宿る殺意は本物だ。

一体なぜ――。

恐怖で麻痺しつつある頭の中は、ただただ疑問だけが渦巻いていた。

犯人は刀剣を構えたまま左腕を伸ばし、御津島の口を覆うガムテープを引っぺがした。鼻の下に生え揃った口髭が一緒に剝がれたらしく、激痛を感じた。ガムテープの裏側にはびっしりと髭が付着しているだろう。

御津島はすぐさま助けを呼ぶ声を張り上げようとした。だが、その瞬間、十字剣が突き出され、左胸に吞み込まれた。

御津島は断末魔の叫びをほとばしらせた。

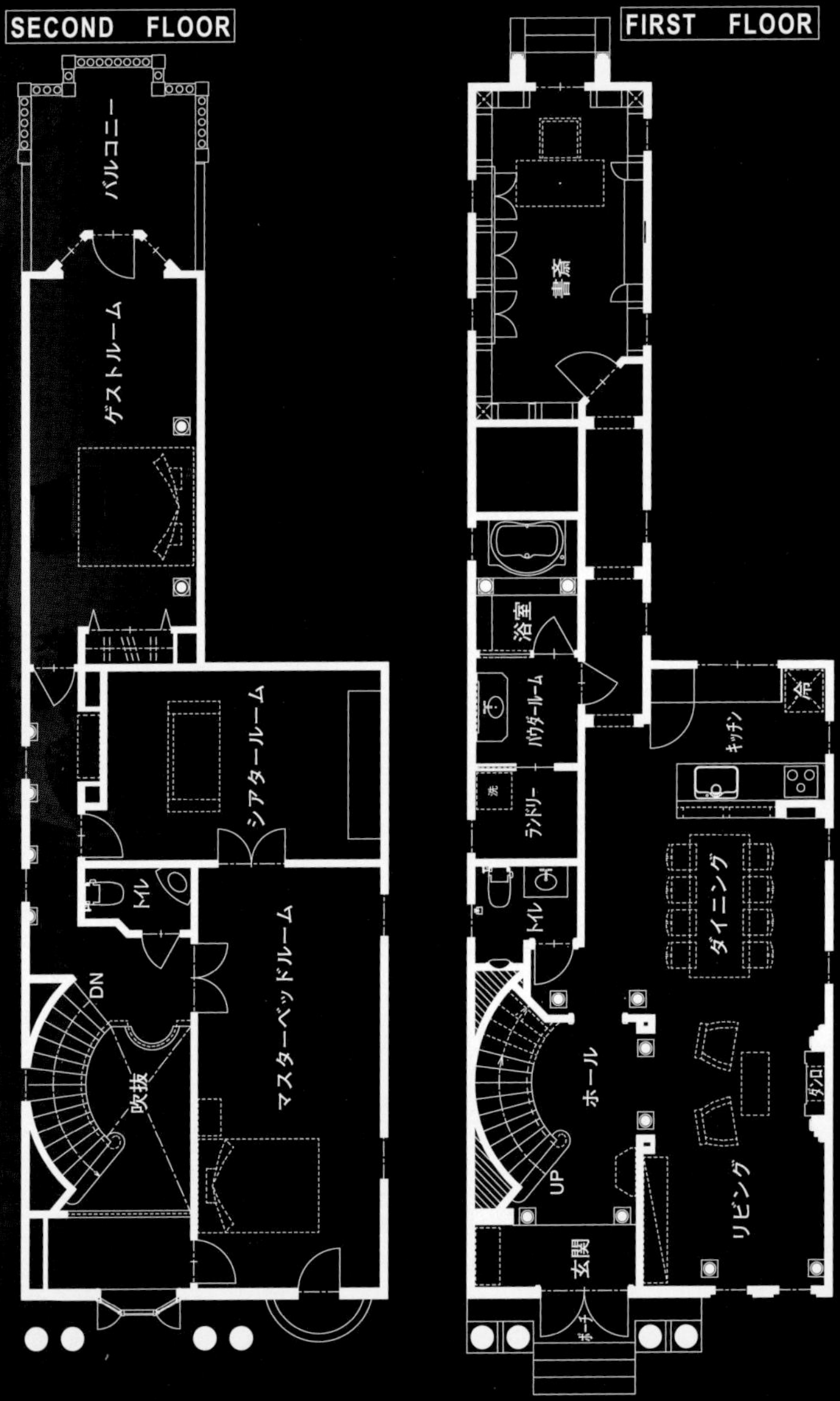
SECOND FLOOR
FIRST FLOOR
バルコニー
ゲストルーム
シアタールーム
トイレ
DN
吹抜
マスターベッドルーム
書斎
浴室
パウダールーム
キッチン
ランドリー
洗
冷
ダイニング
トイレ
ホール
UP
リビング
ダンロ
玄関
ポーチ

建築士：葉山邦和

そして誰かがいなくなる

プロローグ

一年前――

――何かが起こりそうな洋館を建てたいんだよ。

それが初顔合わせでの第一声だった。

その後は二週間に一度の頻度で長時間の打ち合わせを続けてきた。

チャイムの音に立ち上がり、玄関ドアを開けたとたん、初夏の熱気がむわっと纏《まと》わりついてくる。

「さあ、中へ」

御津島磨朱李は、建設会社の面々をM市の自宅兼オフィスに迎えた。すぐ室内へ案内する。

ガラス製のローテーブルを挟み、黒革のソファが設置されている。内装は都会のオフィスを模しており、シンプルモダンだ。仕事場を兼ねた住居として十年以上使っている。

部屋に入ると、営業担当の眞鳥裕生《まとりゆうき》が飾り棚に目を向け、「おっ」と声を上げた。彼の目は二段目に飾られた短剣に注がれている。

「また新しいインテリアが増えてますね」

眞鳥はガラス扉に顔を近づけ、短剣をまじまじと眺めた。

御津島は、ふふ、と笑った。

「さすがいつも目ざといね。十二世紀のイングランドの獅子心王《しししん》、リチャード一世がモデルになったライオンヘッドダガー……の模造刀だ」

合金製で、柄に網目模様があり、ガードの両側に獅子が彫刻されている。

他にもフリーメイソンのマークが施された十字剣もある。全長は約九十センチ。刀剣の柄と鞘の先端部分に装飾があり、くすんだアンティークゴールドになっている。

「雰囲気ありますね」眞鳥は子供のように目を輝かせていた。「こうして飾ってあると、遺跡から発掘された宝剣に見えます。さすが御津島さん。いつも思いますけど、興味深い物を探し出す嗅覚が素晴らしいです」

「いやいや、今ではネットで何でも簡単に見つかるからね。足より指先の時代だよ」

「御津島さんはその指で魅力的な物語を紡《つむ》がれているんですから、凄いです」

建設会社の面々は、ミステリー作家だと告げると興味を持ってくれて、これまで刊行してきた推理小説を何冊も読んでくれたという。作家としては大変ありがたく、個人的にサインもした。

「さ、座ってくれ」

御津島はソファを指し示すと、彼らと向かい合って座った。

眞鳥の左隣に座っているインテリア・デザイナーの畠中智子《はたなかともこ》は、黒のボタンダウンシャツをシックに着こなしていた。掻《か》き上げた髪を後ろで結んでいる。右隣に座る建築士の葉山邦和《はやまくにかず》は、白のシャツを着ていた。グレーヘアを額の真ん中で分けている。

三人とは綿密に打ち合わせを重ねてきた。図面はどんどん仕上がっており、構想が着実に形になりはじめている。

葉山が大型の鞄《かばん》から十数枚の設計図を取り出し、ローテーブルに広げた。彼は一級建築士として、細かな要望にも嫌な顔一つせず、図面を修正してくれている。

「前回の打ち合わせの内容を反映した図面がこれです」

邸宅の間取りだけでなく、壁面装飾《モールディング》のデザインや、大型家具の配置も正確に記載されている。

御津島は図面に目を通した。

リビングダイニングはクリーム色を基調としたロココ調だった。チェアレールで仕切られた腰パネルの上には、デコラティブな壁面装飾《モールディング》が施されている。豪奢《ごうしゃ》な額縁を連想させるデザインだ。天井と壁の取り合い部では、歯形《デンティル》の廻縁《クラウン》が目を引く。

「いいね、素晴らしい」

「気に入っていただけて良かったです」葉山の表情が緩む。「御津島さんが希望されているモールディングは、CADデータがなかったので、手描き入力でデザインしています」

「それは苦労をかけたね。申しわけない」

「いえいえ、いい経験になりました」

葉山は笑顔で応えた。

彼は人当たりがよく、真面目で、〝魅力的な家〟を造ることを子供のように楽しんでいた。ある意味、エンタメ作家に共通する。

エンタメ作家は、いくつになっても読者を楽しませたいという純粋な情熱を持っている。本格推理小説を書いている作家は特にそうだ。アガサ・クリスティー、エラリー・クイーン、コナン・ドイル、江戸川乱歩、鮎川哲也などを読んで心を躍らせた子供のまま、体だけが大人になったようなものだ。

「好き勝手に修正をお願いされる苦労は身に染みているからね」

御津島の軽口に揃って笑い声が上がった。

「編集者もタイプは様々だが、気軽に『ここを直してください』『あそこをこうしてください』とお願いしてくる。まあ、たしかにそのほうがいいかもしれない、と思って直すわけだが、これまた大変でね。その箇所だけの修正で終わらないんだよ。一つを変えると、別の箇所にも影響が出て修正が必要になり、さらにまた別のところを——と、修正の連鎖だよ」

眞鳥が「それは大変ですね」と相槌《あいづち》を打つ。

「その点、今の私の立場は楽なものだよ。ある意味、編集者のポジションで、こうしてほしい、ああしてほしい、と好き放題に要望を伝えて、修正を待つだけでいい」

「御津島さんも苦労されているんですね」

「編集者がしっかり読み込んで、指摘や案をくれるのはもちろんありがたいよ。作品への熱心さの表れだからね。だけど、それを必死で直すのは作家だし、勘弁してくれよ、という気持ちになることも事実でね」

　御津島は小さく笑った。

「想像するだけで大変そうです」

「作家は全体を把握しているから、一部の修正がどこにどう影響を及ぼすか、常に意識しておかなければならない。そういう意味では建築に似ているかもしれん。柱を一本抜いてくれ、と言われたら、きっと全体の構造を見直さなければいけなくなるだろうし、簡単ではないと思う」

　葉山が「ですね」と苦笑いした。似たような要望は客からさんざん出されてきたのだろう。

「まあ、何にしてもこうして好き放題、提案するだけの今の立場は気楽なものだよ。むしろ、修正に次ぐ修正で負担をかけて申しわけないね」

「とんでもないです」眞鳥が答えた。「お客様には後悔のないよう、どんな要望でも伝えていただきたいです。建ってから、打ち合わせでは言えなかったけどこれやあれが不満で――と言われてしまうよりよほどいいです。だから僕はまず喋りやすい雰囲気を作ることを心掛けています」

「なるほどね。君たちとの打ち合わせは楽しいよ」

　話が盛り上がると、御津島は額の汗を拭《ぬぐ》った。リモコンを取り上げ、壁上部に備えつけられた大型のエアコンに向ける。

「今日は特に暑いな。少し温度を下げよう」

眞鳥がにこやかな顔で言った。

「御津島さんのご自宅が完成したら、快適に暮らせますよ。それは保証します」

「高気密、高断熱が売りだったね」

「はい。モノコック構造によって造られる2×4《ツーバイフォー》工法の住まいは、床、壁、天井が隙間なく接合されますから、構造体そのものが高気密、高断熱になります。特に現場発泡《げんばはっぽう》断熱材は隙間面積がきわめて小さくなります。窓も熱を遮断するＬｏｗ－Ｅペアガラスを用います。これは当社の標準《スタンダード》設備で、室温のキープに効果が高いです」

「今の自宅は夏は暑いし、冬は寒い。毎年、春や秋が待ち遠しくなるよ」

「当社の住宅は外気温を全く感じないほどですから、季節を感じられないことが欠点でしょうか。室内の温度は常に一定なので、お客様はつい薄着のまま外に出て、冬だったことを思い出して慌てて上着を取りに戻ったり――」

そう言って眞鳥は快活に笑った。

「高気密ということは、室内はかなり静かそうだね」

「そうですね。室内にいると、雨音なんかはほとんど聞こえないので、外に洗濯物を干していると、雨に気づかず、大変！　なんてこともあります」

再び笑い声を上げる。

「なるほど」御津島は軽くうなった。「私としては室内に忍び込んでくる土砂降りの雨音や、響き渡る雷鳴が好きなんだが」

「ミステリー的ですね」畠中が言った。「大雨と雷――。まさに何かが起こる前兆のような」

「だろう？」御津島は彼女に顔を向けた。「嵐の夜に客人を招待してみたくなる」

「雰囲気あるでしょうね」

畠中は光景を想像したように、うっとりした顔で独りごちた。

「事件が起こるにしても、被害者の役回りはご免こうむるが」

御津島は笑った。

眞鳥が「犯人役がお好みですか？」と愉快そうに尋ねた。

御津島は少し考えてから答えた。

「やはり館の主《あるじ》と言えば黒幕かな。物語の最後に登場して、登場人物たちの度肝を抜く役回り――。どうせならどんでん返しの立役者を演じたいね」

「それはいいですね。想像するだけでワクワクします」

「私も胸が躍るよ」御津島は図面に目を落とした。「で、今日の打ち合わせは――」

眞鳥が設計図を見ながら言った。

「今回、お話ししたいことは何点もあるんですが……。まずは二階のトイレの位置に関して」

「何か問題が？」

「問題というほどではないんですが、トイレに入る位置を少し変えませんか？　今の間取りだとシアタールームから入るようになっていますよね」

「シアターで映画を鑑賞しつつ、催したらトイレへ直行――。なかなか便利だと思うが」

「おっしゃることは理解できますが、個人的には廊下から入れるようにしたほうが良いと思います」

御津島は首を捻《ひね》った。

「どうして？」

「当社では全館空調が標準設備であることは、以前お話ししたとおりです」

欧米では各部屋にエアコンを設置するという考え方がなく、高気密にすることで建物全体から熱を逃がさない工夫がされているという。全館空調とは、一ヵ所に空調装置を設置し、配管を通して各部屋に空気を送るシステムだ。二十四時間、全ての部屋が均一な温度に保たれる。快適なだけでなく、中高年に起こりうる寒暖差によるヒートショックの心配も減る。

だが、一番の魅力は――。

見栄えの問題だ。

洋館の場合、各々の部屋にエアコンを設置したら無粋だと説明を受けた。アンティークの家具で統一された部屋の壁上部に、現代的な白い長方形のエアコン――。たしかに悪目立ちするだろう。廻縁《クラウン》も大型のエアコンで途切れてしまう。

一方、全館空調であれば、天井に二十センチ四方の吹き出し口があるだけだから、意匠に干渉しない。

眞島は資料の写真を取り出した。木造建築の天井裏や壁裏に、黒色の大蛇を思わせる配管が這《は》い回っている。

「御津島さんのお宅の場合、屋根裏に空調システムを設置し、そこから全ての部屋に配管を延ばします」

空調システムから直接配管が延びたり、途中で枝分かれしたりしながら各部屋へ――。

吹き出すのが暖房や冷房の風でなく、毒ガスだとしたら全部屋に蔓延《まんえん》して一巻の終わりだな――などと考えてしまうのは、ミステリー作家の職業病か。

たとえば、配管の根元に針で催眠ガスを注入すれば、全ての部屋にガスが蔓延するのではないか。気密性が高いから、ガスは室内に充満する。

それとも、排気のほうが早いだろうか。

つい、妄想が膨らむ。

「……それでトイレの位置の話は？」

水を向けると、眞鳥が続けた。

「音漏れ問題です」

「音漏れ？　映画の音かな？」

「あ、いえ、そっちではなく、用を足している音のことです。お客様が使用されるとき、気にされるのではないかと思います」

「あー、まあ、たしかにそれはそうかもしれないな。しかし、高気密が売りで、雨音さえ聞こえないほどなんだろう？　用を足す音くらいなら漏れないんじゃないのか？」

「いえ、実はそういうわけではなく……」眞鳥は若干困り顔になり、言葉を探すように眉間を掻いた。「外の音はかなり遮断するんですが、室内の音は別なんです」

「なぜ？」

「全館空調は各部屋の天井に吹き出し口を設置するわけですが、例外もあります。その一つがトイレです。トイレの天井には吹き出し口ではなく、換気口をつけます」

「臭いがこもっては困るからだね」

「はい」

「吹き出し口がないなら、トイレは全館空調の恩恵を受けないのでは？」

「いえ。法律上、二十四時間の換気が義務付けられているため、トイレを含む各部屋のドアの下に二センチほどの隙間《アンダーカット》があるんです」

「アンダーカット？」

「はい。空気の道です」

「……なるほど」御津島は顎を撫《な》でた。「リビングや廊下の空気がドアの下の隙間からトイレに流れ込んで、温度を保つわけか」

「そういうことです」

「つまり、ドアの下に隙間があるから、室内では音を遮断しない――と」

「はい」

納得する説明だった。シアタールームからトイレを利用できたら便利だろう、と安易に考えていた。使用者のことまで気が回らなかった。

「……では、トイレは廊下から入るようにしよう」

葉山が設計図に走り書きをした。トイレの位置の変更を書きつけたのだろう。

続いて畠中が分厚いカタログを取り出した。彼女はにこやかな表情をしている。

「御津島さんのご希望はＩＨのシステムキッチンでしたので、メーカーのカタログをお持ちしました。私のお勧めはこれです」

彼女は付箋の貼られたページを開き、カタログを差し出した。

受け取って確認すると、二百七十万円ほどのキッチンだった。充分な容量の食洗機も付いている。

「オール電化でよろしいですよね」

「火は苦手でね」御津島は答えた。「どうもネガティブなイメージを抱いてしまう。特にトラウマがあるわけではないが、億もの大金を出して建築して、火事になったら笑えん。木造建築だし、全焼したら絶望だよ」

眞島が口を開いた。

「実は木はイメージと違って、鉄よりも火に強いんですよ。ある程度の厚みがある構造材は、着火しても、炭化するのは表面だけなんです。炎がストップします」

「ほう？」

「２×４工法では、天井や壁の内側全体に石膏ボードを取りつけます。石膏ボードの内部に水分が含まれているので、火が付くと、それが蒸発して水蒸気を発生させ、火の回りを遅らせます。壁の接合部にはファイアーストップ材を加えてありますから、他の部屋への延焼も抑えます」

「それは心強いね。安心だ。何しろ、本格推理小説に登場する館は燃え落ちるのが相場でね」

御津島が笑うと、畠中が「そうなんですか？」と興味深そうに訊《き》いた。

御津島は指を一本ずつ立てながら、いくつかの有名な作品のタイトルを口にした。

「いずれも館が紅蓮《ぐれん》の炎に包まれる。焼け跡からは名探偵や真犯人の遺体が発見されず、生き延びて消息を晦《くら》ましたことを示唆して、ジ・エンド。一種の様式美だね」

「建てる側の人間からすると、素敵な建物が燃えてしまったら、『あー！』と叫びたくなります」

「私もそうだよ。こうして何度も設計の打ち合わせをしていると、思い入れも当然深いからね。たとえ、焼失が私の死後だとしても……」

「縁起でもないことをおっしゃらないでください」

畠中が困惑顔でフォローした。

「2×4工法は――」眞鳥が言った。「文字どおり、断面サイズ2×4インチ材を使って、サイコロのように組み立てる六面体のモノコック構造ですから、柱や梁《はり》などの軸組みで支える在来工法に比べて地震に強いというメリットもあります。構造全体で力を分散・吸収するので、倒壊も防いでくれます。地震にも火事にも暴風にも強いんです」

御津島は大口を開けて笑った。

「万が一のことが起こっても、本格推理小説のような結末は避けられそうで安心したよ」

「万が一のことが起こったら困ります」

眞鳥は釣られるように笑い返した。

御津島は図面をめくり、外観のデザインを眺めた。満足できる洋館が描かれている。

急勾配《きゅうこうばい》の寄棟《よせむね》屋根や円錐形の付属塔が特徴のロマネスク様式、十八世紀後期のアメリカで普及したフェデラル様式、正面《ファサード》にローマ時代のデザインを取り入れたネオクラシカル様式、十五世紀末からイギリスで普及したチューダー様式、バロック風の切妻壁などが特徴のスパニッシュ・ミッション様式、十七世紀ごろのイギリスで人気だったジョージアン様式、教会のデザインを取り入れたゴシック・リバイバル様式、古代ギリシャの神殿を思わせる飾り柱《コラム》などが豪華なグリーク・リバイバル様式、イギリスのアン女王の時代に生まれたクイーン・アン様式、エリザベス一世時代に普及したエリザベス様式など——。建築可能な外観のデザインバリエーションが豊富で自由自在の建築会社。そこに惹かれ、実際に会って話をしてみて契約を決めた。

多くのバリエーションの中から選択したのは、正面にそびえる飾り柱《コラム》が目立つグリーク・リバイバル様式をメインにして、クイーン・アン様式の特徴である多角形の尖塔を加えた、オリジナルのデザインだった。

濃緑が生い茂る森深くにこのような洋館が建っていたら——さぞ胸が躍るだろう。しかも、建てたのがミステリー作家となったら、怪しい雰囲気も漂う。

「思えば——」御津島はしみじみと言った。「私の作家人生は、この洋館を建てるためにあったのかもしれん。集大成のように感じるよ」

建築士の葉山が御津島に目を向けた。

「まだまだ素敵なミステリーを書き続けてください。御津島さんの作品は読みやすくて、必ず驚きがあって、今では寝る前のお供になっています」

「ありがとう」

間を置いてから畠中が言った。

「ところで、室内ドアに関してですが……」

御津島はローテーブルの上に差し出された資料に目を落とした。

一センチほどの厚みがあるカタログだ。英文字が躍る表紙にはアメリカのメーカー名があり、デザイン性が高い重厚な扉の写真が使われている。

「ご覧ください」

彼女に促されると、御津島はカタログを手に取り、ページをめくった。

惚れ惚れするドアの実例の数々――。

茶褐色のドアにはヨーロッパの伝統的な彫刻がふんだんに施され、一目で高価だと分かる。

「問い合わせいたしましたが、先方から『数億の邸宅を建てられるお客様ですか』と訊かれまして」

「数億……」

御津島は苦笑した。

残念ながら百万部を売るミリオンセラー作家ではないので、数億という金額には現実味がない。

「つまり、それだけの豪邸を建てる客が注文するドア――ということだね」

「はい」畠中が少し残念そうに答えた。写真がプリントされている資料を提示する。「一応、御津島さんが好みそうな何点かのドアの値段を問い合わせましたが――」

御津島はドアの写真の下にあるドル表記の数字に目をやった。

「こちらのドアでも八十万円です。もっと手の込んだ彫刻のドアですと、百万を超えてきます」

御津島は再び苦笑いした。

「ドア一枚に百万は高すぎる」

元々提示されていたパネルドアなら約一万円だった。文字どおり桁が違う。

「残念だが、見送るしかないな。最高の品には相応の金額が必要になることは仕方がない」

御津島はスマートフォンを操作し、ウッドデコレーションの商品一覧を出した。壁面装飾用《モールディング》のレリーフで、材質はオーク。地中海産のアカンサスの葉をモチーフにしたデザインや、メダリオン形のデザインがある。

三人にスマートフォンの画面を見せた。

「一個二千円から六千円でね。中国産だから値段も手ごろなウッドデコレーションだが、こういう装飾を購入して、ドアに付けることは可能かな？」

眞鳥が「はい」とうなずいた。「それでしたら可能です」

「安くドアを飾れそうだな。妥協しよう」

畠中が鞄からドアノブを取り出した。アンティークゴールド色で、レバーハンドル型だ。

「ノブはこのような流線形のものを探しました」

洒落《しゃれ》たデザインは希望どおりだった。

「いいね」

「気に入っていただけて良かったです。そこでドアに付ける鍵なんですが……見栄えを考えると、普通のロックよりも、こういうものが似合うと思います」

彼女が小箱から取り出したのは、先端が切り落とされたアンティークゴールドの釘のようなものだった。先がネジ状になっている。

御津島は受け取り、手の中で転がすようにして確認した。

「これは――？」

「ノブの横に取りつける鍵です。プッシュしたらロックが掛かって、外側からノブが回らなくなります。摘《つ》まみを回すタイプと違って、小さいから目立ちませんし、デザインに干渉しません」

「なるほど」

徹底して洋館としてのデザインを考えてくれる。普通ならドアの鍵程度は、ありきたりの物を用意して終わりだろう。

眞鳥が言った。

「次は地下に関してですが——地下を造るなら、全館空調を繋《つな》げたほうがいいと思います。夏場も冬場も快適に過ごせますよ」

「たしかにそうかもしれないな。ひんやりした地下も雰囲気があって魅力的だと思うが、現実問題として、不快だったらすぐに利用しなくなるだろう」

今度は葉山が設計図を眺めながら言った。

「地下の天井高は百四十センチではなく、二メートルは欲しいとのお話でしたので、その前提で諸々、計算してみました」

「うむ」

「地下収納や屋根裏収納は、天井高が百四十センチ以下で居室として利用しないのであれば、階扱いにならず、床面積に含まれないんですが、それを超えると階扱いされます。御津島さんのお宅は二階建てですが、階数が三の扱いになって、排煙の計算が必要になってきます」

「なかなか面倒なんだね。本格推理小説定番の〝奇妙な建築物〟はフィクションならでは——か」

「建築基準法など、かなり厳しく規定されていますから」

「〝奇妙な建築物〟はロマンだがね」

本格推理小説の〝館モノ〟はジャンルとして確立しており、根強い人気がある。王道の洋館を舞台にした作品もあれば、奇怪な建物を舞台にした作品もある。えてして、閉鎖された空間で事件が起こる〝クローズド・サークル〟になっている。吹雪《ふぶき》で移動できなかったり、嵐で孤島に閉じ込められていたり、外と通ずる唯一の橋が落ちて脱出できなかったり――。

誰も脱出できないということは、新たな部外者が現れないということでもある。作中に登場した人物の中に犯人も被害者もいる。きわめてフェアな推理劇――。

幼少期から古今東西の〝館モノ〟に魅了されたものだ。小説の表紙に描かれた奇々怪々な洋館を見るだけでワクワクする。ミステリー作家として、フィクションの世界で〝館モノ〟を書くだけでは満足できず、実際にM市郊外の森の奥に土地を購入し、洋館建設計画をひっそりと推し進めてきた。

御津島は改めて地下の図面を見た。

「……まあ、階数が三の扱いになったとしても、やっぱり天井高は最低二メートルは欲しいね。排煙の計算とは？」

「排煙窓の増設や、窓の大きさの調整などです。必要最低限のサイズは確保しなくてはいけません。それに伴って、デザインなどを修正したものがお渡しした図面です」

「日本国内に建てるんだから、もちろん、建築基準法に異を唱えたりはしないよ。しかし、完成間近だったデザインに変更が必要になったのは少々残念ではあるが」

御津島は図面に目を通し、デザインがどう変わったのか、それは許容範囲なのか、逐一確認した。長期間の打ち合わせを重ねて完成度を高めてきた洋館だ。最後の最後で妥協してしまっては、今までの労力が無になる。

幸い、建築士として意匠が崩れない修正を考え抜いてくれたらしく、不満点は見つからなかった。

「これで行こう」

葉山はほっとしたようにうなずいた。それから書斎の図面をめくり、テーブルに滑らせた。

「続いて書斎ですが……」

ヨーロッパの歴史的なバロック様式の図書館をモデルにしたデザインだ。

「欧米の建築に精通している若吉《わかよし》という職人に任せることにしました。彼なら御津島さんの期待に完璧に応えてくれると思います。本棚の下もしっかり補強します。目いっぱい本を並べても床が抜けたりはしませんので、ご安心ください」

「頼もしいね」御津島はふと思い出して言った。「そうそう、補強と言えば、リビングダイニングと吹き抜けのホールの天井も、シャンデリアの設置場所は補強してほしい」

「重量があるシャンデリアを設置されますか？」

「実はね――」

御津島は立ち上がると、モダンなオーク製のデスクに歩み寄り、引き出しから数枚の資料を取り出した。ソファに戻って腰を落とし、三人に資料を見せる。

「こういう良品を見つけてね」

シャンデリアの写真だ。繊細な彫刻が美しく、色は鈍いアンティークゴールド。歳月を経た真鍮《しんちゅう》特有の黒ずみがある。植物を模したようなＳ字のアームが八方向に広がり、エイジング塗装された蠟燭カバーが立っていた。もちろん実際に火を灯すわけではなく、LED電球を取りつける。

　写真の下には年代と輸入国が記載されている。

『一九一〇年　フランス』

「これは――」眞鳥が感嘆の息を漏らした。「本物のアンティークのシャンデリアですか?」

「百数十年前のフランスのシャンデリアだよ。輸入物でね。デザインも色味も最高だろう?」

　畠中が「美しいですね……」と見とれている。

「洋館に相応《ふさわ》しい照明じゃないかな?」

「そうですね」眞鳥がうなずく。「かなり高額だったのでは?　何しろ本物のアンティークですし」

　御津島は、ふふ、と笑みを漏らした。

「そう思うだろう?　ところがね、受注生産のものを注文するより安くてね。半額以下だったよ」

　三人が揃って目を瞠《みは》った。

「本当ですか!」畠中が驚きの声を発した。「フランスのアンティークなんでしょう?」

「輸入照明店で見つけたんだがね。店主は、かかっているのは買いつけ費用と修繕費だけだから安いんです、と。良心的だろう?」

　眞鳥が納得したように答えた。

「アンティークの輸入家具は、基本的に販売する側が自由に値段をつけますから、店によっては本当に高額で売られています。御津島さんは良いお店を見つけましたね」

「個人的には、同じ真鍮製の照明でも、きらきら輝くゴールド色は好みじゃないんだよ。派手すぎてね。打ち捨てられた廃洋館に吊り下げられているような、重厚で落ち着いた色味が好きだ。歴史の重みが伝わってくるようで、まさに何かが起こりそうだろう？」

「たしかにそうですね」

「既製品は綺麗すぎる。その点、年月を経て変色したアンティークゴールドの真鍮は、塗装では出せない本物の重厚さがある。雰囲気があるね」

葉山がシャンデリアの資料を取り上げ、眺めた。

「真鍮でこの灯数ですと、相当な重量があるでしょうね」

「そうなんだよ。だから天井の補強はお願いしたい」

「分かりました。大きなシャンデリアが付く天井はしっかりと補強します」

「頼むよ。天井が落ちたら洒落にならん」

葉山はまた図面に走り書きをした。

「さて――」御津島は言った。「実はもう一つ、君たちにぜひ見せたいものがあってね」

御津島は三つの小箱を取り出し、中からコード付きの固定電話を出した。回転式《ダイヤル》を模してあるものの、実際は使いやすい押しボタン式だ。本体は合金とＡＢＳ樹脂製で、デザインはアンティーク調になっている。

三人が揃って「おおー！」と感嘆の声を上げた。

一つ目の電話機は白を基調にしたロココ調で、本体はゴールドのシーツが敷かれたベッドに、同じくゴールドのドレスを着た女神が寝そべっているデザインだ。

二つ目の電話機は重厚なマホガニー色で、装飾部分はアンティークゴールドになっている。本体のデザインは高価な宝石箱を思わせる。

三つ目の電話機も同じくマホガニー色だ。本体はヨーロピアンデザインで、曲線が流麗な台形だった。

「素敵ですね」畠中が電話機を撫でた。「まるで古いフランス映画に出てくるような……」

「私もデザインに一目惚れしてね」

「御津島さん、センスがいいですね」

「ヨーロッパのレトロな電話機のレプリカなんだ。本物のアンティークではないけどね」

眞鳥が受話器を取り上げてまじまじと眺めた。

「これ、使えるんですか？」

御津島はにやりと笑った。

「もちろん実際に電話できる。そう聞いたから購入したんだ。雰囲気あるだろう？」

「ありますね。御津島さんのご自宅のデザインにとてもマッチすると思います」

「せっかくだし、ちょっと試してみようか」

御津島はデスクに置かれたモダンな固定電話から延びるモジュラーケーブルの先を見た。壁にモジュラージャックがある。

「入れ替えてみよう」

御津島はモジュラーケーブルを抜き、アンティーク風の固定電話のものと差し替えた。

「よし」

御津島はスマートフォンを取り出し、事務所の電話番号を選択した。他の三人の目が電話機に注がれている。その眼差しから期待感が伝わってくる。

電話機がコール音を発した。

畠中が感激の声を上げた。

「鳴りましたね！」

御津島はうなずき、受話器を取り上げた。

だが――。

耳に当てるも、通じているようには思えなかった。そして――ツーツーと無機質な音に切り替わった。

御津島は眉根を寄せた。

「どうしました？」

畠中が怪訝《けげん》そうに訊く。

「いや、どうも不調みたいでね」御津島は受話器を戻すと、自分のスマートフォンを彼女に手渡した。「ここにかけてみてほしい」

「はい、お任せください」

畠中が御津島のスマートフォンを操作し、電話した。アンティーク風の固定電話が鳴る。

御津島は再び受話器を手に取った。

「もしもし？」

畠中が「もしもし」と応じた。

しかし、受話器からは声が聞こえてこない。目の前から彼女の声が聞こえるのみ。

御津島は再び受話器を戻すと、嘆息した。人差し指で耳の下を掻き、うなる。

「コール音は鳴っても電話は不通……。ディスプレイ用じゃなく、ちゃんと使えるという話だったんだが」

眞鳥が同情したように眉を顰《ひそ》めた。

「他の二つはどうですか？」

「ん？」

「不通なのはその一台なのか、それとも他の二つも同じなのか、気になりまして」

「あー、なるほど。一台だけならたまたまの不運な不具合だが、全部そうなら根本的な問題――というわけか」

「はい」

御津島は他の二つの電話機のモジュラーケーブルを繋ぎ、順番に試してみた。コール音は鳴るものの、受話器を取ったら声が聞こえず、数秒の間を置いてから切れてしまう。

「駄目――か」御津島はかぶりを振った。「どうもまがい物を摑《つか》まされたかな……。一台、原稿用紙三枚分程度の金額だし、まあ、損害は大きくないとはいえ、いい気はしないな」

「コール音は鳴るわけですし、何か見落としがあるかもしれません。もう少し調べてみましょう」

「よろしく頼む」

「一つお預かりしても構いませんか？」

「もちろんだ」御津島は膝の上で指を絡めた。「ところで話は変わるが、ドアや窓に警報装置を設置することは可能だろうか」

「警報装置とはどのようなものを想定されていますか？」

「ドアや窓が開いたとき、館全体に警報が鳴るような――そんな感じかな」

「それでしたら可能です。セキュリティ会社に入ってもらって、ご説明差し上げることもできます」

「建築予定地は森の奥深くの土地だから、セキュリティ会社に通報がいく必要はない。通報が届いてもすぐに駆けつけることは困難だろうしね」

眞島が苦笑いした。

「そうですね。さすがに森の奥までは、巡回の範囲外だと思います」

「私もそこまでは期待していないよ。館内に警報が響いてくれれば充分だ。侵入者が現れたら分かるし、警戒できる」

そして――館を抜け出そうとした人間がいても。

眞鳥が「分かりました」とうなずく。

「セキュリティ装置は取り外せないように頼む」

「窓やドアに埋め込む形で設置すれば可能です」

その後も二時間以上、綿密な打ち合わせが続いた。日が落ちはじめたころ、御津島は切り出した。

「そういえば以前、『私たちはお客様のどんなご要望も否定せず、まずは可能かどうか検討するようにしています』と言っていたが、一つ難題を出してもいいかな？」

眞鳥が「もちろんです！」と力強く答えた。

「今回、洋館を建てるにあたって絶対に譲れない希望がある」

御津島は設計図を一瞥《いちべつ》してから顔を上げ、三人を順に見ながら言った。

「誰にも決して見破れない隠し部屋を一つ造りたいんだ」

1

M市郊外の閑散とした無人駅には、粉雪が舞い落ちていた。暗雲が垂れ込める鉛色の空がのしかかっている。周辺に住宅などはなく、道路と並走するように線路が延びており、裸木《はだかぎ》が点在していた。

身を切る短剣のような、粉雪交じりの寒風が吹きすさぶ。

林原凜《はやしばらりん》は肩まで流れ落ちる黒髪を耳の後ろへ掻き上げると、ギャバジン素材のトレンチコートの襟を掻き合わせた。初重版の記念に自分で買ったピンクゴールドの腕時計で時刻を確認する。

午前九時十五分――。

指定の時刻には間に合うはずだ。車にさえ乗れば――。

凜は道路の遠方に目を投じた。裸木の枝の隙間からタクシー会社の看板が見えている。

不便な場所――。

東京なら移動には苦労しないのに、と思う。だが、あの御津島磨朱李の招待なら断ることはできない。

凜は嘆息を漏らしながら歩きはじめた。雪が強まってくると、ショルダーバッグから折り畳み傘を取り出し、差した。五分ほど歩くと、タクシー会社に着いた。コンクリート造りの平屋で、駐車場に二台のタクシーが停車している。

駐車場の先にドアがあった。おそらく事務所だ。運転手が休憩しているのだろう。

凜は駐車場に踏み入ると、ドアに近づいた。チャイムの類いは見当たらなかった。

「あのう……」

ドアの外から呼びかけてみる。

無反応だった。

声が聞こえなかったのかと思い、ノックした。すると、野太い声が返ってきた。

「はーい」

靴音が近づいてきたので、凜は二歩、後ずさった。ドアが開き、禿頭《とくとう》の中年男性が姿を見せた。

「お客さんですか？」

運転手の第一声とは思えない唐突な質問に若干戸惑いつつも、凜は「はい」とうなずいた。

運転手は眉間の縦皺《たてじわ》を掻くと、困惑顔で事務所の中を一瞥し、向き直った。

「相乗りでも構わないですか」

「相乗り――？」

当惑が表情に表れたらしく、運転手は言いわけがましく続けた。

「同僚の一人は出てしまっていて、もう一人は休憩中で。今日は珍しく他にもお客さんが来ていまして。先客ですし、相乗りを承諾していただけると助かります」

「向かう先は全然違うと思います。相乗りはちょっと――」

事務所の奥から「同じだと思うよ」と声が聞こえてきた。

聞き覚えがある声に驚き、凜は室内を覗き込んだ。スチール製の事務机の前に、錦野光一《にしきのこういち》の姿が見えた。二重まぶたで鼻筋が通り、整った顔立ちだ。黒のタートルネックのセーターの上に、襟元を開けた白いシャツを合わせ、ネイビーブラックのダッフルコートを着込んでいる。

「やあ」

錦野が快活に手を上げて挨拶した。他人から最も魅力的に見えるとの自覚があるのであろう笑みを浮かべている。

錦野はデビューから積極的にメディアに顔を出し――その整った容貌のおかげで露出の依頼がひっきりなしに来るという――、熱烈な女性読者を獲得している。書店で開くサイン会でも、列を成す七割以上が女性だと聞く。

「林原さんも招待されていたなんてね。運命を感じるな」

彼は業界では二年先輩の同業者だ。五年前、御津島磨朱李が選考委員を務めるミステリー新人賞でデビューしている。受賞作は、廃遊園地の観覧車内で密室殺人が起こり、凄惨《せいさん》な連続殺人に繋がる『大歯車の殺人』だ。

「ご無沙汰しています」

凜は軽くお辞儀をした。

「いやいや」錦野はほほ笑みを絶やさないまま言った。「堅苦しいよ、林原さん。君と俺の仲じゃない」

――どのような仲だというのだろう。

「……先々月の授賞式でお会いして以来ですね」

都内の有名ホテルで行われた新人賞受賞パーティーに参加し、錦野とも顔を合わせた。授賞式後に二人きりで二次会をしないかと誘われたが、担当編集者と先約があるから、と断っている。普段からちやほやされているせいで、女性なら誰でも自分の誘いに乗る、と自惚《うぬぼ》れている節があった。

「目的地は同じだろうし、一緒に行こうか。おじさんと二人きりで退屈な会話をしなくてすんでラッキーだよ」

彼に好感を持てないのは、こういうところだった。

凜は、丸聞こえの会話で気まずそうに突っ立っている運転手を一瞥した後、錦野に目を戻した。

「……ご一緒します」

凜は感情を押し隠して答えた。

錦野は笑みを深めると、運転手に言った。

「じゃあ、よろしく」

三人で駐車場のタクシーへ向かい、錦野が後部座席に乗り込んだ。

正直、助手席に座りたかった。だが、それはさすがに角が立つ気がした。

凛は隣に座ったが、できるだけドアに寄り、彼から距離を取った。

横目で窺《うかが》うと、錦野は身じろぎし、自然な動作でほんの少し寄ってきた。さすがに太もも同士が触れ合うような距離までは詰めてこなかったが。

粉雪が舞う中、無言でタクシーが出発した。目的地は事前に錦野が説明していたのだろう。運転手から訊かれることはなかった。

道路の両側に住宅や店舗が点在している。薄汚れた看板のラーメン店や焼き鳥専門店は明かりが灯っていない。午前だからまだ開店していないだけなのか、もう潰れてしまっているのか、はた目には分からなかった。

道路を北に向かうと、鬱蒼《うっそう》と緑濃く生い茂る森が見えてきた。鉛色の空が遠のき、折り重なった枝葉が作る天蓋《てんがい》に取って代わった。密生する樹木群が薄闇を掻き抱いている。

窓の外を眺める錦野が苦笑いした。

「御津島さんもこんな辺鄙《へんぴ》で不便な場所に家を建てるとか、まあ、薄々分かってたけど、相当な変わり者だよねえ。森の奥なんて、買い物も大変でしょ、絶対」

都会の暮らしに慣れている自分には絶対に耐えられないな、と凛自身も思った。

「雰囲気があって私は素敵だと思います」

内々の話でも気がつけば編集者などに漏れていることがある。錦野に弱みを握られるつもりはなかったから、本音は自分の心の中に留めておいた。

錦野は凛を見やり、綺麗事を見透かしたように鼻を鳴らした。

「ま、たしかに雰囲気はあるけどね」

凜は窓の外に顔を戻した。

林立する常緑樹が両側から迫り、一帯を取り巻いていた。枝葉は雪風に揺れている。蔓性《つるせい》の植物は触手めいて渦巻き、木に絡みついていた。

タクシーはどんどん森の懐深く――奥へ奥へ向かっていく。

「それにしても――」錦野がつぶやくように言った。「帰りはどうすればいいんだろうね。御津島さんの新居からタクシー会社に電話して、迎えに来てもらうとか？」

凜は窓の外を眺めたまま答えた。

「そうなんじゃないですか。徒歩で帰れる距離ではないですし、迷ったら大変です」

「舗装された道路があるわけでもないしね」

樹木は奔放に生い茂っている。ねじくれた枝々が無秩序に差し交わし、不気味な印象を作っている。夜になったらホラー映画の殺人現場さながらの雰囲気が生まれるだろう。

それまで黙っていた運転手が控えめに口を開いた。

「あちらのお宅へのお客さんは初めてですよ」

凜は運転手に訊いた。

「この辺りでも有名なんですか？」

「何度もご利用いただいていますし、チップも頂戴して……。変わった方ですが、気前もよくて……。お一人で住まわれているようなので、気にかけているんですよ」

錦野光一が「へえ」と軽く応じた。「興味はあるけど、ここで勝手に詮索したら興がそがれるし、聞くのはやめておこうか」

運転手が「あ、失礼しました」とバックミラーの中で頭を下げた。「お帰りの際は、お電話をいただければすぐ向かいます。そのつもりで今日は待機しておきますので、ご安心くださ
い」

三十分ほど経ったとき、前方から別のタクシーがやって来た。空車の表示が目に入る。客は乗っていない。

「先客かな」錦野がタクシーから凛に視線を移した。「たぶん、他の招待客を送り届けた帰りなんだろうね」

「そうですね」

「誰だと思う？」

「え？」

「招待客。さすがに俺ら二人ってことはないだろうしね。きっと他にも何人かいるだろ」

招待客――か。

御津島磨朱李が誰をどんな理由で招待したのか。届いた招待状によると、建築した洋館のお披露目だという。

「やっぱり御津島さんにゆかりがある作家かな」

「そうかもしれないですね」

「俺は御津島さんのおかげでデビューしたわけだし、分かるけど……林原さんは何で招待されたのかな？」

いぶかしむ眼差しが注がれた。

凜は彼から視線を外し、窓の外を眺めた。濃緑の常緑樹群が後方へ流れていく。

「御津島さんとデキてたりしないよね？」

軽口だと分かっていても、眉がピクッと痙攣《けいれん》したのが分かった。錦野から顔を逸らしていなかったら、その反応で邪推されただろう。

「……まさか」

凜は無感情に答えた。

錦野が苦笑いする。

「そんな不機嫌にならないでよ」

「なっていません。大丈夫です」

素っ気なく応じると、錦野が愛想笑いを浮かべた。

「……でも、ホントどんな基準で招待されたんだろうな」

しばらく気まずい沈黙が続いた。車内にはタクシーの走行音だけが響いている。

凜は内心でため息を漏らすと、口を開いた。

「私が青山賞にノミネートされたからかもしれません」

錦野が目を瞠った。

「……青山賞？　本当に？」

「清文社からノミネートの連絡がありました。たぶん、近日中に発表があると思います」

錦野は言葉をなくしていた。

青山賞はプロの作家の作品が対象で、その一年の中で最も優れた一作を決める。若手から中堅の作家が目標にする大きな賞だ。ノミネートされるだけでも栄誉で、メディアから取材の連絡が来る。

「……そうか」

「はい」

「……おめでとう。それはすごいね」

錦野の声は若干上ずっていた。動揺が見え隠れしている。デビューしてからの彼は青山賞はもちろん、他の賞にもノミネートされた経験がない。自分の二年後にデビューした〝後輩〟に先を越されたと思っているのだろう。

同じ賞の出身でもないのだから、本来は先輩後輩という間柄ではないのだが――。

「そういえば、御津島さんは青山賞の選考委員だったね」

青山賞は六人の有名作家が選考委員を担当している。御津島磨朱李はそのうちの一人だった。

「でも、ノミネートが理由で招待されたなら、林原さんが特別扱いされてる気はするね。それとも、ノミネートされた全員を招待しているとか？」

その可能性は想像していなかった。

凛自身は、御津島磨朱李に少しでも好印象を与えておきたいという打算があり、迷わず参加を決めた。

「いや、さすがにそれはないか」彼は独り言のように自説を自ら否定した。「賞のライバルを一堂に集めるなんて、悪趣味にすぎる」

いくらなんでも――と思う。

「他の候補者は分かってるの？」

「いえ」凛は首を横に振った。「聞いていません」

「そっか」錦野は青山賞の話題を嫌うように話を変えた。「林原さん、次の新刊は？　執筆はしてるの？」

「……してますよ。先週、『ミネルバの眼差し』を発売しました」

「ああ、そうだったね。おめでとう」

つくづく作品には興味を持っていないんだな、と内心で呆《あき》れる。

「今度読むよ」

社交辞令だと分かっている。

「はい、ぜひ」

凛は事務的な表情を作ったまま答えた。

「……そんなつんけんしないでよ。賞のライバルってわけでもないんだし、もっと愛想よく笑っていたほうがいいよ。そのほうが魅力的だし、もったいないよ」

——愛想よくする相手は選びますよ。

心の中で反論した。

今にも太ももに手を伸ばしてきそうな気配すら感じる。

錦野は表でこそ全女性の味方を気取って、耳に心地いいことを言って女性ファンに支持されているが——実際はただの女好きだ。外で語っている聞こえがいい言葉の数々は作家のくせに借り物めいていて、どこかで聞いたようなものばかりだ。女はこの程度の言葉でも喜ぶんだろう、と侮《あなど》られている気がする。

林原凜をオトすよ——。そう吹聴していることを編集者から聞いて、彼への嫌悪感は強まった。今では最大限、警戒している。

素っ気なくすることで興味を失ってくれるといいのだが——。

会話もほとんどないまま道なき道をさらに一時間ほど走ったとき、森が切り開かれた場所に出た。洋館が——姿を現した。ボウリングピンを思わせるバラスター手摺《てす》りの玄関階段があり、パルテノン神殿を思わせるドーリア式の飾り柱《コラム》が二本ずつ、両開きの茶褐色のドアの両脇にそびえている。屋根窓《ドーマー》もある。

建物の前にタクシーが停車した。

「お」錦野が感嘆の声を上げた。「これは——」

森の奥地に建っている洋館を目の当たりにすると、本格推理小説の世界に迷い込んだ気がしてくる。

「ちょっとワクワクしますね」

素直な感想だった。

運転手が代金を告げると、錦野が財布を取り出した。

「ここは俺が払うよ」

凜はショルダーバッグに手をかけた。

「いえ、割り勘で――」

「女性に払わせたりしないよ」

錦野は笑顔を見せると、現金を取り出した。

下心を感じていい気はしなかったものの、押し問答をしたら空気が悪くなると思い、仕方なく「ありがとうございます」と応じた。

錦野は満足げにタクシー代を払った。

二人揃って下車すると、御津島磨朱李の洋館を見上げた。間近で見ると、縦の溝が刻まれた四本の飾り柱《コラム》は迫力充分で、まるで日本ではないように思えた。

凜は周辺を見回すと、イギリス風の郵便受けに目を留めた。こんな場所まで配達に来るのだろうか。原稿《ゲラ》のやり取りは一体どうしているのだろう、と純粋な疑問が湧く。

郵便受けの隣にチャイムが設置されている。

凜は郵便受けに歩み寄り、チャイムを鳴らした。三十秒ほど待つと、玄関ドアが開いた。出迎えたのはアインシュタインを彷彿《ほうふつ》とさせる風貌の男性だった。一瞬、御津島磨朱李本人かと思ったが、初老の男性は燕尾服《えんびふく》――文字どおり裾が燕の尾のように割れている――を着ていた。年齢に反して背筋はぴんと伸びており、実際の身長以上に背を高く見せている。百七十センチ前後だろうか。

「執事の高部《たかべ》と申します」

隣の錦野が顔を寄せて「執事だってよ」と囁《ささや》いた。面白がっている口調だった。

「御津島様がお招きになったお客様でいらっしゃいますね。ご招待状はお持ちでしょうか」

凜はショルダーバッグから招待状を取り出し、差し出した。

「お預かりいたします」

老執事は招待状を確認すると、錦野に顔を向けた。彼は少し慌てた様子で鞄を探り、招待状を取り出した。

「林原凜様と錦野光一様でございますね。どうぞ中へ」

玄関に踏み入ると、パンテオン神殿風の二本の飾り柱《コラム》に支えられたアーチ天井があった。コリント式で、柱頭はアカンサスの葉を模した装飾だ。その先に吹き抜けのホールがある。壁はクリーム色だ。

存在を主張する半円のサーキュラー階段の踏み板の中央には、赤色のカーペットが敷かれている。

階段の手摺りの脇には、真鍮製のホールランプが置かれていた。装飾的なデザインで、四《よ》つ叉《また》の槍を立てたようにも見える。四灯の蠟燭形のランプは、今は点灯していない。

対面の壁際には、ヴィクトリアン調の猫脚カウチが置かれており、真鍮の一灯式ウォールランプに挟まれる形で大型のミラーが掲げられていた。男性の平均身長ほどはあるだろうか。植物と花が彫られたフレームはくすんだアンティークゴールドだ。

鏡にサーキュラー階段が映り込んでおり、ホールの広さが二倍にも見える。

圧巻の光景を眺め回していると、錦野が愉快がるように言った。

「ミステリーならあれが落下して圧死だね」

彼の視線の先に目をやると、吹き抜けの天井から吊り下がっている真鍮のシャンデリアがあった。フランスのロココ調の細工が施されており、植物的なデザインで、十二灯式だ。大型だから二十キロはあるだろうか。さすがに圧死は大袈裟だが、細いチェーンが切れて直撃したら人命は確実に奪うだろう。

「どうぞお上がりください」

老執事が穏やかな声音で言った。御津島邸のホールを観察する時間を充分与えてくれる気遣いで、しばらく黙っていたようだ。

「失礼します」

凜は靴を脱ぐと、スリッパを履いてホールに上がった。白い大理石模様のフローリングになっている。

ホールの奥には、子供の天使像が特徴的な小型噴水があり、左手に提げている瓶《かめ》から水が流れて循環している。

凛は、玄関と同じく二本の飾り柱《コラム》に支えられたアーチ天井の仕切りを抜け、リビングに進み入った。

2

山伏大悟《やまぶしだいご》はベルベット生地の小型スツールに腰掛けていた。

『アヴェ・マリア』が落ち着いた旋律を奏でているリビングだ。溝が入った付柱《ピラスター》が重ねられた正面壁の中央に大型ミラーがあり、その下にクリーム色の電気暖炉が据えられていた。薪《まき》の上で橙色のフェイクファイアが揺れている。一見したところ本物の炎にしか見えない。

真鍮のアンティークシャンデリアの真下に、猫脚のローテーブルがあり、ロココ調の一人掛けソファ――グリーンを基調にしたベージュの花柄の生地が豪華だ――が二脚、並べて置かれている。手彫りらしい装飾的なフレームはマホガニーだ。

少しすると、老執事に連れられた二人の男女がリビングに入ってきた。

よく知っている顔だった。新進気鋭のミステリー作家、錦野光一と林原凛だ。

一緒に現れたということは、二人はそういう仲なのか？　錦野光一が彼女に一方的に好意を寄せている、という噂は耳に挟んでいるが――。

はた目にはお似合いだが、文壇でも女たらしで有名な錦野光一に、才色兼備の林原凛がなびくとは思えない。

山伏は立ち上がり、二人に近づいた。

「どうも。文芸評論家の山伏大悟です」

錦野光一が人懐っこい笑顔で応えた。

「もちろん存じてますよ。著作も何度か文芸書評で取り上げてくださいましたし」

「はい」林原凛がにこやかに言った。「私も『月刊文報』で『天使の羽ばたき』を評価していただいたばかりです。〝今年一の収穫だ〟とお褒めいただいたことが自信になりました」

山伏は笑みを返した。

「私は作家の方々と違って、顔が売れているわけではありませんし、こうして直接お会いしたときは自己紹介しないと、相手を困惑させてしまいますから」

錦野光一が納得したように「ああー」と声を漏らした。「たしかにそうかもしれませんね」

「顔と言えば――」林原凛が室内を見回した。「御津島さんとはもうお会いになったんですか？」

「いや、まだですね。執事の方にコーヒーをいただきながら、漫然と過ごしていました」

彼女がリビングの奥に目を向けた。紫色のカーテンが閉まった窓の前に、二人掛けのヴィクトリアン調の豪華な赤色のソファがあった。その前の円形のコーヒーテーブル――中央にはロココ調の花瓶があり、薔薇《ばら》の造花が飾られている――に、洒落たデザインのカップが一つ置いてある。

「お一人なんですね」

「はい」山伏はうなずいた。「招待客が三人だけってことはないでしょうし、たぶん、これから何人かやって来るんじゃないでしょうか」

黒子のように立っている老執事が答えた。

「そう伺っております。どうぞ、お座りになって、ごゆっくりとお待ちください。コートをお預かりいたします」

「ありがとうございます」

林原凜がトレンチコートを脱ぎ、手渡した。老執事は受け取ると、リビングの奥へ向かった。飾り柱《コラム》の横に置かれているスタンド式のコートハンガーは、クラシカルなデザインの真鍮製で、ゴールドに輝いている。

老執事はトレンチコートをフックにかけると、錦野光一からもダッフルコートを預かった。

「お飲み物をお持ちいたします」

錦野光一がリビングに進み入り、ソファに腰を下ろした。背もたれに背中を預け、ふう、と息を吐く。

林原凜も隣のソファに座った。

老執事が二人に訊く。

「コーヒー、紅茶、ハーブティー、ご用意しております。モカ、キリマンジャロ、アールグレイ――。何を飲まれますか。何なりとお申しつけください」

林原凜が「アールグレイをお願いします」と答え、錦野光一が「俺はキリマンジャロをブラックで」と答えた。

「かしこまりました」

老執事がキッチンのほうへ歩いていく。

錦野光一は老執事の後ろ姿を見送った後、林原凛に顔を向けた。悪戯《いたずら》っぽい笑みを浮かべる。

「御津島さんが仮面を被って現れたらどうする？」

彼女が小首を傾《かし》げた。

「いや、御津島さんは覆面作家だろ。顔も年齢も非公開でずっとやってきてるんだし、今回の新居お披露目パーティーで普通に姿を見せるかな？」

「……どうなんでしょうね」

「林原さんも御津島さんの顔は知らないんだろ？」

「はい。全然」

「だよね。〝謎多きミステリー作家〟御津島磨朱李。どんな姿で現れるにしろ、ワクワクするね。森深くに建っている洋館。大雪の予兆。主《あるじ》である覆面作家――。舞台装置としては整いすぎてる」

「新居お披露目パーティーも名目だったりして？」

「そうそう！」錦野光一が笑い声を上げる。「そもそも、ただの新居お披露目パーティーで俺らを招待するかな？　御津島さんとの接点が希薄すぎない？」

「……かもしれませんね。御津島さんは今年、デビュー二十周年を迎えられましたし、繋がりならもっと深い同業者が何人もいるような気がします」

御津島磨朱李のデビューは二十年前。デビュー作の『悠久の密室』は傑作で、新人離れした技巧が注目された。精密に構築されたミステリーだった。当時はかなり世間を騒がせ、文芸評論家の書評だけでなく、各種メディアでも取り上げられた。その後の勢いは止《とど》まるところを知らず、あっという間にミステリー界のトップ戦線へ躍り出た。とはいえ、覆面作家なのでいわゆる文壇での付き合いは薄いだろう。

ちなみに、公開情報によると、ペンネームは御津島《おつしま》が本来の読みらしいが、それだと語呂が悪く、御津島《みつしま》と読ませるようにした、と本人が語っている。

錦野光一が「ま、とりあえず待ちますか」とつぶやいて話を切り上げた。

山伏はリビングを眺め回した。クリーム色の壁には、映画『マリー・アントワネット』に登場するようなロココ調の装飾が施されている。老執事によると、イギリスのアンティークだという大型のキャビネットには、真鍮の蠟燭形スタンドランプが置かれていた。

小物に至るまでインテリアが統一されている。御津島磨朱李はかなりこだわってこの邸宅を造り上げたらしい。

老執事がマホガニー製のワゴンを押してきた。「どうぞ」とカップをローテーブルに置く。

錦野光一と林原凜が飲み物に口をつけ、しばらくしたころだった。チャイムが鳴り、老執事が玄関のほうへ姿を消した。ドアが開く音に続き、誰かと会話する声が聞こえてくる。
二、三分してから招待客がリビングに現れた。一人は黒髪のロングで、眼鏡をかけた女性だった。ブラウンのニットセーターを着て、白のワイドパンツを穿《は》いている。

彼女はたしか――。

ミステリー作家の藍川奈那子《あいかわななこ》だ。幼い女の子の手を引いている。

「こんにちは」藍川奈那子が先客に対して頭を下げた。「子連れですみません。夫が急な仕事で、預けられなくなってしまって……。おとなしい子なのでご迷惑はかけませんので」

彼女は娘に「みーちゃん、勝手にその辺のものを触っちゃ駄目だからね」と釘を刺した。

林原凜は自己紹介すると、女の子に手を振った。女の子が母親の脚の裏側に隠れる。

「すみません」藍川奈那子が申しわけなさそうに言った。「不慣れな場所だとこうで」娘の背中に手を添え、前に押し出した。「みーちゃん。ほら、ご挨拶は？」

女の子はおどおどした顔で、花の蕾《つぼみ》のような唇を開いた。

「美々《みみ》、三歳です」

林原凜が膝を曲げて目線を下げ、「みーちゃん、はじめまして」と応えた。

次に錦野光一が藍川奈那子に名乗った。

「どうぞよろしく」

彼女が「よろしくお願いします」とお辞儀をした。「錦野さんの『大歯車の殺人』はすごく好きな作品です。御津島先生が選考会で推されたのも納得の傑作でした」

彼の表情が一瞬で緩んだ。

「いやあ、デビュー作を読んでくださっていて、嬉しいですね。作家冥利《みょうり》に尽きます。そういえば、藍川さんは〝御津島磨朱李フリーク〟だとか」

彼女が陶然としたほほ笑みを浮かべた。

「十年前に御津島先生の『悠久の密室』を読んで衝撃を受け、一部の絶版になっている作品以外、全著作を読み漁りました。それからは新刊は発売日に買って、全て読んでいます」

「それはすごい」錦野光一は苦笑いしながら頭を掻いた。「御津島さんの著作は百冊に迫るでしょう?」

「八十三冊です」

「さすが詳しいですね」

藍川奈那子は自分のデビュー当時から御津島磨朱李の熱烈な愛読者だと公言しており、その名を頻繁に出している。御津島磨朱李に招待されたのはその辺りが理由かもしれない。

話が切れたタイミングを見計らい、山伏も挨拶した。

「文芸評論家の山伏大悟です」

藍川奈那子の一瞥が注がれた。

「ああ……」

彼女の声は冷え冷えとしていて、眼差しにも冷徹な感情があった。明らかな敵意だった。いや、嫌悪と表現したほうが適切だろうか。

「何か――?」

思わず尋ねた。

「……その節はどうもありがとうございました」

その節――？

彼女の著作を文芸書評で取り上げたことはない。何か接点があっただろうか。

記憶を探り、ふと思い出した。

四年前、藍川奈那子の著作が青山賞にノミネートされたときだ。SNSで五作の候補作評を述べた。

――藍川奈那子『姫百合の殺人』は御津島磨朱李の安易な劣化コピーであり、オマージュの域にすら達していない。著者の声が聴こえてこない作品をノミネートした出版社の見識を疑う。

――賞の版元として自社からも候補作を出す必要があったのだと思われるが、他に優れた作品はあったはずである。選考委員の御津島磨朱李が自分の作風の劣化コピーを称賛し、受賞に推すとしたら自ら自身の評価を地に落とすであろう。

――それに比べて獅子川真《ししかわしん》・正《せい》の『消滅』は素晴らしく、近年稀に見る傑作である。獅子川真・正ならではの感性にあふれ、独特の世界観を構築しており、この作品によって〝獅子川真・正ブランド〟を作り上げた。『消滅』を受賞させなければ、青山賞はその名誉を捨てることになるだろう。

SNSで彼女の候補作を批判し、コンビのミステリー作家、獅子川真・正の作品を絶賛した。

SNSアカウントを持っている藍川奈那子は、『ノミネートのニュースに大喜びしていたのに、出産を控えているこの時期に批判されて悔しいし、悲しいし、胸が苦しい』と発信した。それによって彼女のファンが怒り狂い、ちょっとした炎上騒動に発展した。『妊娠中なのにひどい！』という批判も押し寄せた。

結局、その年の青山賞を受賞したのは前評判どおり獅子川真・正の『消滅』で、彼女の『姫百合の殺人』は最低点で落選した。御津島磨朱李も推さなかった。選考前の炎上騒動が再燃し、彼女の熱烈なファンから『お前のせいで受賞を逃した！』と攻撃された。

——一介の評論家のSNSの発言ごときで選考委員たちが候補作への評価を変えるはずがないでしょう。変えると思い込んでいるなら、それは選考委員へのきわめて強い侮辱です。責任転嫁も甚《はなは》だしい。

言いがかりに腹が立ち、反論した。それによって再び批判が押し寄せたものの、賛同者も相当数いた。

そういえば藍川奈那子の青山賞ノミネートはそのときが最初で最後だった。それ以降はどの賞にもノミネートされていない。

彼女は四年も前の因縁をいまだ根に持っているのか。

山伏は当たり障りがない笑みと共に答えた。

「ご健筆で何よりです」

藍川奈那子の目がスーッと細まった。だが、彼女はそれ以上何も言わなかった。

一時《いっとき》、沈黙が降りてきた。

山伏は、彼女の後ろに静かに控えている男性に目を向けた。他の面子《メンツ》が自分を放置して盛り上がっていても、文句一つ言わず、黙って突っ立っている。

「あなたは？」

山伏は男性に話しかけた。

錦野光一たちの目が男性に注がれた。

「あ、僕は――」男性は控えめな口調で答えた。「仁徳《じんとく》社、文芸第二の編集者で、御津島先生の担当をさせていただいています。すみません、名刺を切らしていまして。安藤友樹《あんどうともき》と申します」

控えめな態度に納得した。授賞パーティーなどの作家が集まる場所では、多くの編集者は脇に立っている。例外はいわゆる〝名物編集者〟くらいだろう。

「へえ」錦野光一が興味深そうにうなずいた。「担当編集者ってことは、御津島さんのことをよく知っているんでしょう？」

安藤は発言の真意を測りかねるように、若干困惑した顔を見せた。

「……はい。二年以上、担当させていただいていますから」

「面識あるんですか？」

「いえ。御津島先生は担当編集者にも姿を見せません。デビューから一貫して覆面作家として活躍されています」

「声は？　電話で打ち合わせはするんでしょう？」

「打ち合わせはメールでしています」

御津島磨朱李はデビューのときから全て、作品はメール添付ではなく、印刷した原稿を出版社に送っているという。エッセイで『メールを経たら作品から魂が抜けるような気がするからね』と語っていた。

「声も聞かせないなんて、徹底してるんですね」錦野光一が感心したように吐息を漏らした。

「じゃあ性別すら分からないってことか」

「秘密主義の御津島先生がこうしてご自宅でパーティーを催されるなんて、正直驚きました。賞の選考も書面の提出ですし」

急病などで選考会に参加することが難しい場合、選考委員は候補作の評価を書面で提出したりする。御津島が常にそのような選考会への参加を許されているのは、それだけ彼の名前が大きい証拠でもある。とはいえ、選考会の現場にいないことはやはり不利な面も多く、彼のいち押しの作品が受賞を逃すケースもままあった。一部では、形だけの選考委員だという批判もある。

「ただのパーティーじゃないでしょうね」錦野光一が言った。「招待客の共通点もいまいち分からないし……。担当編集者として何も聞かされていないんですか？」

安藤は困惑を顔に滲ませた。

「……普段のやり取りの中から何か想像できたとしても、僕の口から勝手に喋ってしまうわけにはいきません。御津島先生には御津島先生のお考えがあるでしょうから」

錦野光一は軽く肩をすくめた。

「それはそうか。じゃあ、御津島さんの登場を待ちますか」

錦野光一がソファに戻ると、老執事が新しい招待客二人に「お飲み物をお持ちしますので、ご自由におくつろぎください」と話しかけた。飲み物のオーダーを聞いてからキッチンへ歩いていく。

安藤はベルベット生地のスツールに腰を下ろした。編集者としての性《さが》か、たたずまいも控えめだ。

藍川奈那子は娘と隣り合って二人掛けのソファに腰掛けた。美々に「おとなしくしていてね」と話しかけている。

林原凜が一人掛けのソファに座り、藍川奈那子に顔を向けた。

「可愛らしいお子さんですね」

藍川奈那子がにっこりとほほ笑む。

「自由気ままで手がかかって仕方ないですけど、毎日、元気を貰《もら》ってます」

「三歳って可愛らしい盛りですよね」

「御津島先生のご迷惑にならなければいいですけど……」

錦野光一は二人の会話に入るタイミングを計るようにじっと眼差しを注いでいたものの、諦めたようにコーヒーに口をつけた。

老執事がワゴンでハーブティーを運んできて、アンティーク風のコーヒーテーブルに置いた。

「ところで――」錦野光一が老執事に顔を向けた。「御津島さんはいつごろご登場を?」

老執事は顔の皺を深めるように穏やかな笑みを返し、壁の掛け時計を一瞥した。イタリアの大聖堂をイメージしたようなヴィクトリアン調で、色は豪華なシャンパンゴールドだ。

「十一時半とおっしゃっておりました」

「……あと十五分弱か」

「どうぞご歓談と共にお待ちください」

山伏は改めて面々を眺め回した。

招待客は五人か。ミステリー作家が三人、担当編集者が一人、文芸評論家が一人――。御津島磨朱李との関係はそれぞれ違う。たしかにどんな理由で選定されたのか。

山伏は立ち上がり、ダイニングの大窓に歩み寄った。豪奢な刺繍《ししゅう》が施された紫色のカーテンをずらし、外を見た。外部の音がほとんど聞こえてこなかったので分からなかったが、降りしきる雪は激しくなっており、地面に積もりつつあった。

「……ますます雰囲気出てきましたね」

背後からの声に振り返ると、錦野光一が立っていた。窓の外を眺めたまま言う。

「ミステリーの舞台装置にはおあつらえ向きですね」

「そうですね」山伏は答えた。「しかし、御津島さんもこんな大雪警報が出ている日にパーティーを催さなくても――と思いますが。延期してもよかったように思います。もしかしたら、今夜は帰れないかもしれません」

「……案外、わざとかもしれませんよ」

「わざと？」

「早期天候情報で二週間前には大雪の予想が出ていました。招待状が届いたのは十日前です」

「御津島さんはあえて大雪の日を設定したということですか？」

「大雪が予想されていても、あえてこの日に決めたわけですからね。何かが起きる気配ぷんぷんです」

錦野光一は顎先を撫でながら、愉快がるような表情をしていた。生粋のミステリー作家なのだろう。

「天候情報をご存じなかっただけかもしれませんよ」

錦野光一は苦笑した。

「だとしたら残念です。謎めいた覆面作家が森の奥に洋館を建てて、大雪の日にミステリー作家を集める――。意味深じゃないですか」

「吹雪や嵐に閉ざされた洋館……」

山伏はリビングに目を戻した。

藍川奈那子が編集者の安藤に話しかけている。

「訊いていいのかどうか分からなかったので、タクシーじゃ控えていたんですけど……」

「何でしょう」

「御津島先生の次回作は仁徳社から――？」

安藤は曖昧《あいまい》な苦笑いを浮かべた。

「こうして素敵なお宅を建築されながら、同時に新刊も次々と刊行されていて、御津島先生のバイタリティには頭が下がります。新作も楽しみで待ちきれません」

安藤は少し迷いを見せてから答えた。

「お原稿はいただいています――とだけお答えしておきます」人差し指を唇に当てる。「くれぐれもこれでお願いいいたします」

藍川奈那子が「もちろんです！」と力強くうなずいた。

その後は各々が会話しながら多少なりとも交流を深めた。

突如、軽妙なメロディがリビングに鳴り渡った。全員の目が錦野光一に向けられた。

彼は「あっ」と声を上げ、懐からスマートフォンを取り出した。「失礼」と断ってから相手を確認し、切った。

そのとき、老執事がトレイを持ってやって来た。だが、トレイの上には何も載っていない。

「皆様、大事なことを忘れておりました」老執事がトレイを差し出した。「スマートフォンや携帯電話の類いを全てお預けいただきたいと思います」

錦野光一が「は？」と素っ頓狂な声を上げた。

「御津島様より申し付けられております。このような場で現代的な機器に縛られていては無粋だろう、とのことでした」

全員が顔を見合わせた。

現代人ならスマートフォンを半日でも手放せないだろう。友人知人からの連絡ならまだしも、作家なら締め切りがあるし、担当編集者からの急を要する電話もある。文芸評論家も同様で、書評や解説の仕事で版元とやり取りしなければならない。

「電源をお切りいただいて、お渡しください」

真っ先に動いたのは、御津島磨朱李フリークの藍川奈那子だった。鞄からスマートフォンを取り出し、電源を切ってトレイに置いた。

「御津島先生がおっしゃることはごもっともです。賛成です」

彼女が先陣を切ったことで、林原凜も腰を上げた。

「……そうですね。締め切りが近い原稿は一昨日のうちに仕上げて送ってありますし、何か連絡があったとしても今日一日くらいは大丈夫です」

二人がスマートフォンを差し出すと、錦野光一は嘆息を漏らし、自分のものをトレイに置いた。

「ま、半日のことですからね。現代社会のしがらみから離れて、森の奥の洋館を堪能するとしますか」

この流れで自分だけ駄々をこねるわけにはいかないだろう。

山伏は自分のスマートフォンを出すと、メールやＬＩＮＥをチェックした。何通か溜まっている。解説文の進捗状況を問うメールや、食事の誘いなど——。

今すぐ返事が必要な内容はなかった。

「どうぞ」

山伏はスマートフォンを預けた。

「ご協力ありがとうございます」

老執事は編集者に顔を向けた。その眼差しの意味に気づいたらしく、安藤は戸惑いを見せた。

「あのう……僕も預けなければなりませんか？」

老執事は柔和なほほ笑みを絶やさないまま答えた。

「お願いいたします」

「仕事柄、担当作家から急ぎの連絡があるかもしれません。預けるのはちょっと――」

「御津島様は例外なく全員の携帯機器を預かるように、と命じられました」

「来週校了のゲラも抱えていまして――」

安藤が食い下がると、錦野光一が冷笑交じりに言った。

「今日一日くらいは平気でしょ。電話を無視して担当作家から文句を言われても、大作家との会食がありまして――って言えば、済む話でしょう？」

「いや、そういうわけにも――」

「いくでしょ。俺なんか、校了直前に誤植に気づいて担当に連絡したら留守電で、深夜になってからようやく折り返しがあったかと思えば、酔っ払った声で、ある大作家との会食だったなんて言われましたよ。こっちは最後の最後まで見直してんのに、いいご身分だな、って思いましたね」

藍川奈那子と林原凜がわずかに笑った。彼女たちにも多かれ少なかれ似た経験があるのだろう。

「ほら」錦野光一が言った。「作家だって大事な連絡があるのに預けてるんですよ。編集者が我がまま言ってどうするんです?」

安藤はうなった後、スマートフォンを差し出した。

「責任を持ってお預かりいたします」

老執事がトレイに集めたスマートフォンを持ち、廊下の先へ姿を消した。

「でも、やっぱりスマホがなくなると落ち着かないですね」林原凜が誰にともなく言った。

「肌身離さず持っていましたし……」

藍川奈那子が「ですね」と応じる。「個人情報も満載ですし。少しそわそわします」

錦野光一が面白がるように言った。

「これで俺たちは吹雪の洋館に閉ざされたわけだ。御津島さんからスマホを返してもらうまでは、外部との連絡は一切不可能」

山伏はダイニングに目を向け、壁に寄り添うように置かれているゴールドの半月形コンソールを指差した。フランスの宮殿に置かれているようなロココ調で、乳白色の大理石天板が貼られている。

「ほら、あれがありますよ」

コンソールの上には、真紅の薔薇の造花が活《い》けられた豪華なデザインの花瓶があり、その横にひと際目を引く固定電話がある。白の本体に、ゴールドのドレスを着た女神が寝そべっているデザインだ。

林原凜は固定電話を見やった。

「あれはインテリアじゃないんですか？　使えるんでしょうか？」

錦野光一が肩をすくめた。

山伏はマントルピースの上の置き時計に目を投じた。時刻の確認すらもスマートフォンに頼りすぎて、久しく腕時計をしていない。

秒針の動きを眺めていると、すぐ十一時半になった。

廊下の先からドアが開け閉めされる音がして、スリッパの足音が聞こえてきた。

全員が一斉に顔を向けた。

姿を現したのは老執事だった。

「皆様、大変長らくお待たせいたしました。御津島様がお越しになるそうです」

緊張した空気が漂った。

当然だろう。今まで公の場に一切顔を見せず、編集者とも電話すらしていない覆面作家、御津島磨朱李が初登場するのだ。ミステリーファンなら胸躍るシチュエーションだ。

再びドアが開く音がした。

スリッパの音が近づいてくると、全員が同時に腰を上げた。廊下に視線を注いで待つ。

落ち着いた足音と共に姿を見せたのは、長身の中年男性だった。怪しげな仮面を付けている

 こともなく、奇妙奇天烈《きてれつ》な服装をしているわけでもない。

全館空調《セントラルヒーティング》だという室内は温度が一定で暖かいせいか、彼は薄手の黒い開襟シャツを着ている。黒々とした髪を撫でつけ、鼻は高い。目は穏やかで、柔和な雰囲気を醸し出しているものの、毅然としたたたずまいだ。髭は綺麗に剃ってある。四十代か、五十代か、年齢は判然としない。正直、堂々とした作風や文体から、もう少し年配のイメージもあった。

「お待たせしてしまったね」低音の響きがいい声だ。「ようこそ、我が城へ」

彼が覆面作家、御津島磨朱李――。

あまりにあっけなく覆面作家が正体を現したので、少々拍子抜けした感もある。

だが、彼の熱烈なファンである藍川奈那子は、興奮を隠しきれない声でつぶやいた。

「あなたが……」

「ああ。いかにも私が御津島磨朱李だ」

「お会いできて光栄です。御津島先生の大ファンとして、作家の立場を忘れそうです。いろいろとお伝えしたい想いもあって、事前に頭の中で考えていたんですけど、今、緊張で全部飛んでしまいました……」

「そんなに緊張しなくてもいい。こうして次世代を担う作家たちを招くことができて私も嬉しいよ」

「素敵な新居で、うっとりします」

「ミステリーを愛する人たちに楽しんでもらいたくてね。こういう〝何かが起こりそうな洋館〟はワクワクするだろう？」

「はい！」彼女の緊張は少し和らいだようだった。ほほ笑みながら答えた。「実は——最初に抱いた感想がそれでした。ですが、不穏で失礼かと思い……」

「いやいや、むしろその感想こそ本懐だよ」

御津島磨朱李の穏やかな笑みで場の空気が緩んだ。

話の切れ目を見計らった錦野光一が進み出た。

「初めまして。錦野です。このたびはご招待いただき、どうもありがとうございました」

御津島磨朱李が彼を見て小さくうなずいた。

「御津島さんに『大歯車の殺人』を推していただいて、デビューできました。直接お会いしてお礼をお伝えするこのような機会を待ち望んでいました」

先ほどまでのリラックスした態度とは打って変わり、彼は教授に呼び出された学生のように硬くなっていた。殊勝な態度は敬意の表れか、それとも、媚なのか。

「『大歯車の殺人』はベストセラーになったようだね」

「おかげさまで売れてくれました。御津島さんにいただいた帯文——〝本格推理史上、かつてない大仕掛け。新世代の傑作だ〟は業界で注目を集めまして、それで流れが決まったように思います」

「作品自体の力——『大歯車の殺人』が傑作だったからだよ。私は世の中にそれを知らせる手助けをしたにすぎないよ」

「本当にありがとうございます」

錦野光一が恐縮したように耳の裏を掻いた。

続いて林原凜が挨拶した。

「御津島磨朱李ミステリーのファンとして、こうしてご自宅にご招待いただいて、嬉しいです」

声のトーンが高くなっている。意識的だろうか。

全ての文芸誌や雑誌、新聞を追っているわけではないが、彼女がインタビューなどで御津島磨朱李の名前を出しているのを見たことがない。

「そう言ってもらえて嬉しいよ。文壇でも評判で、ずいぶん勢いに乗っているようだね」

彼女の『天使の羽ばたき』が青山賞にノミネートされていることは、耳に入っている。選考委員の一人である御津島磨朱李に気に入られたい打算はあるかもしれない。

「ありがたいことに――」林原凜は控えめな笑みで応えた。「過分なほど評価していただいています」

「素晴らしいことだ」

会話が途切れると、山伏も自己紹介した。

「御津島さんのご健筆を頼もしく思います。一昨年の『御津島磨朱李特集』で解説を書かせていただいた際、既刊の多くを再読しましたが、題材もアイデアも豊富で、まるで趣味嗜好や考え方が違う〝御津島磨朱李〟が何人もいて、それぞれ担当する作品が違うのではないか、と思うほどでした」

御津島磨朱李は大笑いした。

「自分が何人もいたら楽だろうね。締め切りに追われているときは、真剣にそう思うよ」

「今日の招待客はどのように選定を――?」

御津島磨朱李が笑みを消した。

「付き合いの長さというわけでもなさそうですが」

「……それは言わぬが花、ということにしておこう。謎こそエンターテインメントなのだから」

「分かりました。聞かないでおきましょう」

山伏が答えると、最後に担当編集者が挨拶した。

「仁徳社の安藤です。普段からメールでやり取りはさせていただいていますが、お目にかかるのは初めてで、少し緊張しています。改めましてよろしくお願いいたします」

御津島磨朱李が「ああ」とうなずいた。「いつも世話になっているね。仁徳社は私の著作に力を入れて売ってくれるから、感謝しているよ」

「とんでもないです。こちらこそ、御津島先生の玉稿をいただき、感謝しています。力作をお預かりした以上、弊社としましても全力で仕掛けていきたいと思っています」

「期待しているよ。今度の作品は人生をかけた勝負作だからね」

「楽しみにしています」

「うむ」

御津島磨朱李は間を置き、面々を見回した。

「さて、本日のパーティーの趣旨を発表させてもらうとしよう」

彼の大真面目な顔つきを目の当たりにし、改めて場の空気が張り詰めた。

御津島磨朱李が一呼吸置いてから口を開いた。

「私は今夜、あるベストセラー作品が盗作であることを公表しようと思う」

一瞬で全員の表情が強張った。

3

盗作の暴露――。

錦野光一は目を剝いたまま、言葉をなくしていた。他の招待客たち――林原凜や藍川奈那子、山伏大悟も同様だ。困惑が貼りついた顔で御津島磨朱李を見返している。

「盗作というのは――」

錦野は恐る恐る訊いた。

御津島磨朱李は口元を緩めると、担当編集者の安藤友樹を一瞥した。

「安藤君には事前に伝えておいたね」

「……はい」安藤が答えた。「いただいた招待状の中で、今回の目的に関しては少し触れられていましたから」

面々の眼差しが安藤に注がれる。

「おっと」御津島磨朱李が言った。「安藤君はそれ以上何も知らないよ。誰のどの作品の盗作を明かすつもりか、ということはね。問い詰めても無駄だよ」

「僕も皆さんと同じで、何も分かりません」

御津島磨朱李が全員を順に見回した。

「公表すれば相当な騒ぎになると思うよ」

錦野はごくっと唾を飲み込んだ。

「それはこの中の誰かの――？」

言葉尻が弱くなった。

招待されていない作家の盗作を暴露するなら、出版社なりメディアなりに告発すればいい。そうしなかったということは――。

御津島磨朱李は意味ありげな笑みを錦野に向けた。

「何か不安でもあるかな？」

「いえ！」錦野はすぐに否定した。「まさか。何もありません。純粋な好奇心です」

御津島磨朱李は、ふふ、と笑い声を漏らした。

「誰のどの作品が盗作なのか。気になるかな？」

「……もちろんです」

「そうだろう。しかし、それはメインイベントとして、夜のお楽しみにとっておこう」

夜まで引っ張るつもりなのか。

御津島磨朱李の口ぶりからすると、やはり招待客の中の誰かの作品を告発しようとしているように思う。それが御津島磨朱李の目的なのか？　盗作の暴露のために招待された面子ということか。

錦野は瞳を動かし、面々の表情を窺った。誰もが緊張した顔つきをしている。

当然だろう。盗作疑惑は作家にとって致命的な騒動になる。新刊が売れている藍川奈那子、『天使の羽ばたき』が青山賞にノミネートされている林原凜――。盗作が発覚したら、ブレイクの兆《きざ》しは消失し、業界でアンタッチャブルな存在に成り下がる。

もちろん、『大歯車の殺人』で注目を浴びてデビューした自分も――。

長年、覆面作家として活動してきた御津島磨朱李が素顔を晒《さら》してまで新居に人を集めた理由が、まさか盗作の暴露だとは想像もしなかった。一体誰の〝罪〟を暴露するつもりなのか。

もしかして、今回の招待客たちは全員が容疑者なのか――。

錦野は再び生唾を飲み込んだ。

チャイムが鳴ったのはそのときだった。

全員が顔を見合わせた。

まだ招待客がいたのだろうか。

老執事が応対に向かい、二、三分してから二人の男性を引き連れて戻ってきた。

一人は知っている。青山賞も受賞したコンビ作家の片割れ――獅子川正だ。年齢はたしか三十代後半だっただろうか。茶味がかった前髪を左側に流しており、顔立ちもまあまあで、世間的にはそれなりに好感を抱かれそうな雰囲気がある。

「すみません、電車を乗り過ごしてしまって。次のを待っていたら遅刻してしまいました」

獅子川正が頭を下げた。

御津島磨朱李が進み出た。

「来てくれてよかった。欠席かと思ったよ。私が御津島磨朱李だ」

「初めまして。獅子川正です。このたびはご招待いただき、どうもありがとうございます」

藍川奈那子と林原凛が進み出て、順に自己紹介した。

「僕もお二人の作品はもちろん読んでいます」

三人が軽く賛辞を交わした。話の切れ目で山伏が挨拶した。獅子川正が「ああー」と声を上げる。

「何度か書評を書いていただきましたよね。その節はどうもありがとうございました」

獅子川正が軽くお辞儀をする。

安藤が前に出てにこやかに言った。

「僕からも感謝します。弊社から刊行した獅子川さんの『長野の流星群』では、山伏さんに誌面で取り上げていただきました」

御津島磨朱李が言った。

「編集者としても、自分の担当作が取り上げられると嬉しいものだね」

「……え？」安藤が怪訝そうな顔で彼を見返した。「獅子川さんの担当は僕ではありませんよ」

御津島磨朱李が戸惑いを見せた。

「ああ、そうだったか。すまんすまん、前にそう聞いた気がして勘違いしていた。別の作家と間違えていたかもしれん」

「いえいえ」

「ボケるような年齢でもないんだがね」

彼は耳の裏を掻きながら苦笑いを浮かべた。

「僕もうっかりはしょっちゅうです。御津島先生にご迷惑をおかけしていなければいいんですが」

「迷惑をかけられたことはないよ。いつも感謝している」

「そう言っていただけると」安藤が小さく頭を下げてから、山伏に顔を戻した。「あのときの書評には弊社の担当編集者も感謝していました」

「いやいや」山伏が顔の前で手を振る。「紹介したい作品を取り上げたにすぎません。ここだけの話、某賞にノミネートされてもおかしくありませんでした。予備選考会では、最後までノミネートを争っていました」

「そうなんですか！」獅子川正が驚きの声を上げた。「いや、その裏話だけで励みになります。正直、『長野の流星群』は売れ行きも厳しくて、自信喪失していたんです」

「良かったですね、獅子川さん」安藤が言った。「あ、ご挨拶が後になってしまって、すみません。僕は仁徳社の編集者で、安藤と申します。御津島先生を担当しています」

「初めまして。仁徳社は頑張って著作を売ろうとしてくれたので、感謝しています。結果が振るわなかったのは、ひとえに僕の力不足です」

「とんでもないです。良い作品をいただいたにもかかわらず、ご満足いただける結果に繋がらなかったのは、弊社の責任です」

会話が落ち着いたタイミングを見計らって、錦野も自己紹介した。獅子川正が笑みと共に答える。

「どうも初めまして」

錦野は思わず眉を顰めた。

二年ほど前の文壇パーティーの場で、獅子川正には一度会ったことがある。一言二言だったが、会話も交わした。こっちが覚えているのに向こうが覚えていない事実に、内心カチンときた。だが、場が場なので、努めて表情には出さないようにし、同じく「初めまして」と答えておいた。

錦野はもう一人の青年に顔を向けた。三十前後だろうか。長身痩軀《そうく》でベージュのトレンチコートを着ており、好青年——という表現が似合う。穏やかそうな雰囲気を醸し出している。

「あなたが獅子川真さんですね？」

獅子川の作品は初期のものしか読んでいないが——青山賞受賞後は嫉妬に狂いそうになって

読めなくなった——、デビュー直後から実力派のコンビ作家として話題になっていた。獅子川は、真、正の二人で活動している。インタビューによると、プロット制作担当が獅子川真で、執筆担当が獅子川正だという。

コンビ作家と言えば、最も有名なのはエラリー・クイーンだろう。エラリー・クイーンは、フレデリック・ダネイとマンフレッド・ベニントン・リーの合作ペンネームだ。プロットとトリックの担当はダネイで、執筆はリーだ。

獅子川正と真がクイーンを意識しているのは、クイーンの『ローマ帽子の謎』や『フランス白粉の謎』『オランダ靴の謎』『ギリシア棺の謎』など、有名な〝国名シリーズ〟にちなんで、〝県名シリーズ〟を刊行していることから分かる。

だが——。

青年は困惑顔で頬を掻いた。

「いや、僕は——」

「彼は獅子川真ではありません」獅子川正が答えた。「真は人見知りで、人前に出ないもので、公の場に顔を出して作品のインタビューに答えるのは僕、獅子川正の役目なんです」

獅子川真のほうは表に顔を出したことがない。そういう意味では御津島磨朱李と同じ、覆面作家と言えるかもしれない。

「獅子川君の言うとおり、彼は真君ではないよ、錦野君」御津島磨朱李が含み笑いをこぼしながら答えた。「もっと言えば、作家でもない」

「え？」

御津島磨朱李が青年に言った。

「いい時間の到着だったね」

青年が恐縮したように彼に顔を向ける。

「もしかして――」腕時計をちらりと見る。「遅刻してしまいましたかね。時刻どおりに着いたつもりでしたが」

御津島磨朱李が「いや」と首を横に振り、大聖堂をかたどった掛け時計を見た。「君だけには他の招待客より三十分遅い待ち合わせ時刻を指定していたからね。時間ぴったりだよ」

「はからずも注目を集めてしまいましたね」

「名探偵は遅れて登場するのが相場だろう？」

「いやいや」

青年が苦笑いを浮かべた。

林原凜が「名探偵――？」とつぶやいた。

「ああ」御津島磨朱李が答えた。「彼は天童寺《てんどうじ》琉《りゅう》。現実の難事件をいくつも解決している名探偵だよ」

どうして探偵が――というのは、全員の頭に浮かんだ疑問だろう。誰かの盗作を暴露するための新居お披露目会に、名探偵が招待される――。

一体なぜ？

まるで何か事件が起こることを予告しているかのようだ。

不信感が芽生えたとき、面々が抱く疑問は想定内だったのか、御津島磨朱李が訳知り顔で言った。

「現実で難事件を解決している名探偵――。ミステリー作家としては興味をそそられるだろう？　別に他意はないよ。今日の催しを盛り上げるためのサプライズだよ、私からの」

藍川奈那子が嬉しそうにはしゃいだ声を上げた。

「ワクワクします！　御津島先生の『宝物館の殺人』の再現のようで、作品の大ファンとしてはまるで先生の作り出す物語世界に入り込んだ気がします」

「そう言ってもらえると嬉しいね。天童寺氏を招いた甲斐があるというものだよ」

御津島磨朱李の説明を真に受けていいものかどうか、測りかねた。

錦野は天童寺琉を観察した。

「しかし――名探偵には見えないですね」

天童寺琉が首を傾げた。

「いや、本格推理の名探偵と言えば、奇人変人が相場なもので」錦野は笑った。「冴えない外見でとぼけたりあたふたしたりして犯人を油断させるか、飛び抜けた美貌の持ち主か、あるいは――」

文芸評論家の山伏が同調した。

「名探偵の〝奇癖〟をテーマにした論評なら、以前に執筆したことがあります。国内外を問わず、古今東西、様々な奇癖の名探偵が生まれていて、我々はそれを楽しんできたわけです。名探偵があふれる創作の世界の中で、少しでもシャーロック・ホームズやポアロのような、時代を超えて愛される個性的なキャラクターを生み出すために、作家の方々は苦労しているんだろうと思いますよ」

「まさに――です。俺も苦労しましたよ。『大歯車の殺人』の名探偵・白扇豪《はくせんごう》は賛否分かれましたね。少しやりすぎたかな、と思いますが、後悔はしていません」

天童寺琉が言った。

「今度、拝読して参考にします」

「いやいや」錦野は手を振った。「白扇豪を真似たら世間から奇人扱いされますよ」

「そうなんですか。ますます興味深いです」

天童寺琉が爽やかに言うと、御津島磨朱李が彼に言った。

「『大歯車の殺人』は錦野君のデビュー作だよ。名探偵の造形も個性的だけど、何より大仕掛けのトリックとそれを解く論理《ロジック》が美しかった。デビュー作としては傑出した作品だよ」

「へえ、それは楽しみです」

錦野は御津島磨朱李の表情を窺った。

『大歯車の殺人』を盗作として告発するつもりなら――もちろん盗作はしていない――、これほど絶賛はしないだろう。

自分の作品のことではない――と思う。

御津島磨朱李が言った。

「何にしても、私は天童寺氏こそ誰よりも名探偵の資質を持っていると思うね」

山伏が「と言いますと？」と尋ねた。

「明らかに名探偵然とした名探偵は、犯人にとって脅威なわけだ。油断できないし、一般人なら気づかないような証拠を摑んでしまうかもしれない。であるならば、真っ先に排除しなければならないのは、標的ではなく、名探偵ということになる」

「そういえば、そのような指摘をしている作品がありましたね。名探偵こそ最初に殺さねば――と」

「うむ。だからこそ、名探偵も自衛が必要になる。自分が一番に毒殺される最悪の事態は避けねばならない。そう考えれば、冴えない人物や無能な人物を演じるのは、名探偵の生存戦略でもある。これこそ、犯人を油断させてミスを誘うより重要なことだと思う」

「面白い着眼点ですね」

「フィクションの世界では、多くの場合、名探偵は殺害の優先順位《プライオリティ》には含まれず、仮に狙われたとしても運よく生き延びる。殺される心配がないからこそ、安心して有能さを発揮できるわけだ」

「たしかに現実では頓珍漢《とんちんかん》な人物を演じたほうが安心ですね」

「しかし――だ」御津島磨朱李が語気を強めた。「飛び抜けて無能だったりドジだったりする人間も、個性の塊でね。それはそれで逆に目立つものだよ。そういう観点から見れば、天童寺氏の普通すぎる風貌は、まさに人畜無害そのもの。空き巣もスーツを着てビジネス鞄を持っている時代だよ。営業マンに見えれば、空き家を物色して住宅街をうろついていても誰も気にしない」

天童寺琉が苦笑いを浮かべた。

「空き巣と同列にするのは勘弁してください」

口ぶりから、友人の軽口へのツッコミのような気安い台詞《せりふ》だと分かる。初対面でも人好きのするタイプだ。

御津島磨朱李が大笑いした。

「失敬失敬。何にしても、天童寺氏の平凡さこそ名探偵の必須条件だよ。〝名《めい》〟がつく前に殺されては名探偵にはなれないからね」

「褒められてます？」

「私なりの褒め言葉のつもりだよ。もっとも、私がもし天童寺氏をモデルにした名探偵を登場させるなら、過剰なくらい個性を与えるが……。何がいいだろうね。アルコール依存症、麻薬中毒、アルツハイマー、対人恐怖症――」

天童寺琉が困惑顔で頭を搔いた。

「せめてもう少しポジティブな要素を――」

「現実社会とは逆で、好ましい要素を備えた名探偵より興味を持たれるんだよ。現実では関わりたくない人物でも物語世界では許されるし、犯罪者を格好良く描いても構わないんだからね」

御津島磨朱李が例に挙げた〝個性〟は、どれも古今東西の名作の名探偵が備えている資質だ。本格推理の世界では、ありとあらゆる設定の名探偵が創作されてきた。

天童寺琉は再び苦笑いで応えた。

「しかし、御津島さんの紹介のおかげで、僕はこの場では犯人に真っ先に狙われる立場になりましたね」

「言われてみればそのとおりだったな。名探偵だと正体を明かしてしまったね」

「第一の被害者にならないよう、注意しておきます」

「うむ、気をつけてくれ」

単なるジョークの一種だと分かっていても、不穏な気配を感じずにはいられなかった。盗作の暴露うんぬんの話がなければ、軽く笑い声を上げげただろう。

御津島磨朱李は改めて今回の集まりの趣旨――盗作の暴露――を説明し、獅子川正と天童寺琉からもスマートフォンを預かった。

「それにしても――」天童寺琉が窓のほうを振り返った。「外、大雪でしたね」

カーテンが閉められているので、外の様子は確認できない。吹雪《ふぶ》く風音もほとんど聞こえてこない。

御津島磨朱李が「ほう……」と愉快がるように窓際へ歩いていき、カーテンを開けた。

窓の外で吹雪が逆巻いていた。一面が真っ白に染まっている。夕方には膝まで埋まるほどの積雪になるのではないか。

林原凜が不安そうにつぶやいた。

「これじゃ、今日は外に出られないかも……」

大雪はそう簡単にはやまないだろう。今日一日どころか、二、三日は吹雪き続けるかもしれない。

もしそうなったら――。

「たしかにそうですね」山伏が答えた。「どうしましょうか。近くに宿泊施設があるわけでもないですし……」

御津島磨朱李が振り返った。

「もしものときは泊まってもらっても構わないよ、もちろん」

「ですが――」

藍川奈那子が自分の脚に纏わりつく娘の美々を一瞥した。

「ゲストルームのベッドはクイーンサイズだから、親子で寝ても不便はないよ。林原さんはマスターベッドルームを使うといい。男性諸君は――」御津島磨朱李が悪戯っぽく笑った。「ソファを使うか、私と夜通し語り明かそう」

動じた様子がない御津島磨朱李の言動から察するに、招待客たちが吹雪で足止めされることは想定内だったのかもしれない。

藍川奈那子は「ありがとうございます!」と嬉しそうに答えたが、林原凜は若干の当惑を見せていた。泊まりになるとは思っておらず、何の準備もしていないからだろう。しかも、急な宿泊先が業界の大先輩宅となれば、気も遣う。

担当編集者の安藤が御津島磨朱李に言った。

「御津島先生のお供なら僕がぜひ」

御津島磨朱李が「うむ」とうなずいた。

山伏が軽い調子で言った。

「これはもう完璧なクローズド・サークルですね」

〝クローズド・サークル〟はミステリーの愛読者なら馴染み深い単語で、嵐や大雪など、何らかの事情で外部との連絡手段や接触が断たれた状況のことだ。本格推理小説の王道であり、クローズド・サークルものの傑作は枚挙にいとまがない。

「不穏な空気が漂ってきたかな？」

御津島磨朱李が茶化すように訊いた。

「事件はフィクションの中だけでお願いしたいですね。御津島さんの次回作もやはりクローズド・サークルですか？」

「ああ。実はね――」

担当編集者の安藤が「先生」と割って入った。

御津島磨朱李が「ん？」と首を捻る。

「まだ新刊のお話は――」

「……ああ、そうだね」御津島磨朱李は面々を見回した。「まあ、新作は発売を楽しみにしておいてほしい。なかなか面白い趣向を凝らしていてね」

藍川奈那子が「待ち遠しいです！」と応じた。「気合いを入れられている新作なんですね」

「かなり大がかりでね。いろいろと特別な企《たくら》みがあるんだよ」

「ますます期待が高まります！」

「では、他の部屋を軽く案内しよう」

彼が踵《きびす》を返したとき、電話の高音が鳴った。全員の目がゴールドのロココ調コンソールのほうに向けられる。女神が寝そべっているデザインのアンティーク風固定電話が鳴っていた。

「おっと、電話だ。すまんね」

御津島磨朱李が電話のほうへ歩いていく。

「どうぞ、お出になってください」

安藤は促すと、女性作家二人に向き直り、小声で「お二人共、ご活躍で、大変素晴らしいです」と褒めはじめた。間を繋ごうとしているのだろう。

錦野は御津島磨朱李に目を戻した。彼は――受話器を手に取ると、注視していなければ誰も気づかないような素早さで、一瞬だけ電話台のフックに戻してから耳に当てた。

電話を切った――？

「ああ……」御津島磨朱李が受話器に話しかけている。「吹雪がやんだらよろしく頼む。ああ。三台」

林原凛や藍川奈那子が彼のほうをちらりと見てから、また会話に戻った。

「……ありがとう。それでは」

御津島磨朱李が受話器をフックに置き、向き直った。

名探偵の天童寺琉が「タクシー会社ですか？」と訊いた。

「あらかじめ迎えを頼んでおいたのでね。吹雪が激しくなってきたので、確認の電話だった」

「タクシー会社は何と？」

「吹雪が落ち着き次第、迎えに伺います――と」

「そうですか。何よりです」

「懇意にしているタクシー会社でね。私は上客なんだよ。素性を明かしていないから、裏では奇人変人扱いされているかもしれんがね。それでも気にかけてくれている。待っていれば大丈夫だ。三台が館までやって来てくれる」

林原凛が「良かったです！」と嬉しそうに言った。

だが――。

錦野は不審を抱きつつ、御津島磨朱李の顔を盗み見た。

彼はなぜ電話を切ったのか。

手早く受話器をフックに戻してから取り上げ、タクシー会社と会話している演技をした。

安藤と話し込んでいた彼女たちは、御津島磨朱李のその不可解な動作に気づいていない。電話でタクシー会社と話していたと思い込んでいる。

電話が嘘だとしたら――?

御津島磨朱李はなぜそんな演技をした?

吹雪がおさまればタクシーが迎えにくる――という話は出鱈目《でたらめ》なのか?

この場で追及することは簡単だ。だが、今はまだ――。

自分だけの胸の内におさめておくべきだと判断した。

4

林原凜は全員を見回した。

どうやら招待客が出揃ったようだ。

作家は四人。自分以外には錦野光一、獅子川正、藍川奈那子だ。残りのメンバーは、文芸評論家の山伏大悟、仁徳社の編集者である安藤友樹、名探偵の天童寺琉――。

「では、書斎へ案内しよう」

一階のトイレの場所を教わった後、皆と一緒に廊下へ進んだ。アーチ天井の廊下にはクリーム色の腰パネルがあり、壁は薄水色に塗装されている。天井からは四灯の小型シャンデリアが二つ、等間隔で吊るされていた。真鍮製で、中心に地面に向けて矢じりが刺さっているようなデザインだ。

「絵画が素敵ですね」

御津島磨朱李の真後ろを歩く藍川奈那子が立ち止まり、壁に掛けられた豪華な額縁入りの絵画を眺めていた。

「エミール・ヴァーノンですよね」

彼が振り返り、嬉しそうに反応した。

「よく知っているね」

「大学では美術を専攻していましたから」奈那子がはにかみながら答えた。「〝美しい時代《ベル・エポック》〟のフランス人画家ですよね」

石段に腰掛けて手摺りに片肘をつき、真っ赤なポピーの花を左手に持った女性の絵だ。ビニールのようなシースルーのドレスを着ていて、胸の谷間も半分以上覗いている。

「複製画の安物だがね。原稿用紙一枚の原稿料でお釣りがくる。盗まれても痛くはないよ。むしろ、前面ガラスの額縁のほうが高いくらいだ」

「そうなんですね。全然そんなふうには見えません。お高いとばかり――」

「私に絵画の審美眼はないからね。一億の絵も一千万の絵も一万の絵も区別がつかん。区別がつかないなら、別に安物でも構わんだろう?」

彼はそう言って豪快な笑い声を上げた。

噂に聞いていた御津島磨朱李は、寡黙な偏屈者――というイメージだったが、実際にこうして会ってみると、意外に気さくだ。

凜は反対側の壁を見た。掛けられている絵画は――これは誰でも知っている名画だ。

美術専攻でなくても分かる。

モナ・リザ――。

作者はイタリアの美術家、かの有名なレオナルド・ダ・ヴィンチ。

壁面装飾《モールディング》が施された柱やアーチ天井の美しい廊下に飾られた絵は、ヨーロッパの美術館のような雰囲気を醸し出している。

廊下の右側には、磨《す》りガラスのハング窓が並んでいた。縦長で大きめの窓だ。

御津島磨朱李は、廊下の左側にある茶褐色の木製扉を引き開けた。

「ここがパウダールームだよ」

暗赤色のシャビーな壁紙が古びたヨーロッパの城《シャトー》風の室内だった。壁の下部には、ベージュの大きめのブリックタイルが貼られている。正面には、装飾的なデザインの洗面化粧台がどっしりと構え、重厚な額縁のミラーが招待客たちを映している。

室内の後ろには、赤いベルベット生地のボックスソファが壁に寄り添うように置かれていた。壁上部の時計は、ハープを模したデザインで、茶褐色だ。アンティーク真鍮《ブラス》仕上げのダブルタオルバーに、赤系のタオルが掛けられている。壁紙の色に合わせてあるのだろう。御津島磨朱李は本当に細部までこだわり抜いてデザインしたようだ。

右側はガラスドアの浴室になっている。クリーム色で大理石調のタイルが貼られ、両側に飾り柱《コラム》が立っていた。同じく大理石調のタイルのステップがあり、その上にクリーム色の花台――三人の天使像が大きな皿を支えているデザインで、薔薇の造花が飾られている――が置かれていた。

「洗面は自由に使ってくれ」

御津島磨朱李は左側の木製ドアのくぼみに指を掛けた。

「こちらは客人に見せる部屋ではないがね……」

木製ドアはスライド式になっており、中はランドリーだった。現代的な洗濯機の存在は、かなり不釣り合いに見えた。対面にはキャビネット風の大型チェストがあり、天板にはアンティーク風のシェードランプが置かれているのみ。

「さて、次へ行こうか」

御津島磨朱李はパウダールームを出ると、そのまま廊下を突き当たりまで進んだ。装飾的な木製ドアを押し開け、室内に進み入る。彼に付き従って中に入った。

バロック様式の書斎だった。装飾が豊かな茶褐色の本棚に囲まれており、正面には植物を模した彫刻の暖炉が据えられている。エイジング塗装がされているらしく、彫刻に黒ずんだような色味があり、陰影がくっきりしていた。百年以上前から存在するギリシャの図書館を連想させられる。床は色鮮やかな赤茶色のヘリンボーン――〝ニシンの骨〟を意味し、『へ』の字形の床材を並べたデザイン――だった。

「素敵ですね！」

藍川奈那子がはしゃいだように声を上げた。彼女の脚に纏わりついていた娘も、「お城みたい！」と飛び跳ねている。

キャスター付きの地球儀は渋みを帯びたマホガニー色で、年代物のような雰囲気を醸し出している。隣にはベージュのシェードが被さったスタンドランプがある。

「これは大したものですね……」

文芸評論家の山伏も感嘆の声を上げた。

錦野も「おおー」と嘆息し、書斎を眺め回している。

「まさに作家の書斎――って感じで、憧れます」

御津島磨朱李は「ありがとう」と穏やかに笑った。「職人の技術の賜物だよ、これは。払える金額を提示して、ヨーロッパの図書館《ライブラリー》の画像を何枚か渡して、こんな雰囲気の書斎を自由に造ってほしい、とお願いしてね」

暖炉の両脇には溝が彫られた付柱《ピラスター》があり、その柱頭はアカンサス模様のコリント式になっていた。

マントルピースの上の壁面には、リビングのようなミラーではなく、夕焼けのロンドンを描いた絵画が飾られている。その両側には、椀形のシェードが上向きになっている、クラシカルなデザインのウォールランプが付けられていた。絵画の真下には厚みのあるシェルフが取りつけられ、写真立てとチェスの駒が並んでいた。左からポーン、ルーク、ビショップ、キング、ナイト――と置かれている。

書斎の奥には幅広い両袖のプレジデントデスクが鎮座していた。デスクの天板にはモスグリーンの革が貼られている。そこには、真鍮製の蠟燭形デスクランプ、ゴールドの装飾が施された羽根ペン、小型の茶色い地球儀、ヴィクトリアン調の置き時計が置かれていた。

「御津島先生はいつもここでご執筆を？」

「ああ」御津島磨朱李はうなずいた。「私の仕事場だよ」

藍川奈那子が本棚の書籍を眺めながら言った。

「この書斎で素晴らしい物語が生まれているんですね。憧れの先生の仕事場を拝見できて光栄です」

「大袈裟だよ、藍川さん」

「御津島先生は謎のベールに包まれていましたから」

今日、ミステリアスな覆面作家――という秘密のベールが剝がれ、何の変哲もない中年男性の顔が現れた。少々拍子抜けしたが、問題は彼の宣言にあった。

盗作の告発――。

一体誰の作品だろう。わざわざ呼び集めたのだから、この招待客の中に〝罪人〟がいることは間違いない。盗作の罪なのだから、当然、作家だろう。

自分は安泰だ――とのんきに構えてはいられない。

もちろん、創作者として法的にアウトな行為をしたことはない。だが、多かれ少なかれ、今までの人生で接してきた表現物の影響を受けていることは否めない。

いわゆる〝無意識の盗作〟を否定できるほど、自分の記憶力に自信があるわけでもない。

自分で閃《ひらめ》いたアイデアのつもりでも、単語や小物などの些細《ささい》な引き金《トリガー》によって二十年前に読んだ漫画や小説のワンシーンが脳裏に浮かんだ可能性を一体誰が否定できるだろう。何百万と生み出されてきた作品群の中では、どんなに奇抜に思える閃きでも、必ず類似のアイデアはあり、事実無根のこじつけでも、誰かがネットに疑惑を書き込んだだけで信じる人々は出てくる。そして――作者が社会的破滅を迎えるまで攻撃されるのだ。

御津島磨朱李ほどの作家に盗作疑惑を吹聴されたら――。

想像するだけで恐ろしい。

しかも、槍玉に挙げられた作品が『天使の羽ばたき』だったら、当然、青山賞の受賞はないだろう。選考の過程で盗作疑惑を口にされたら、選考委員の誰もが推してくれなくなる。

青山賞で作家人生が変わる好機なのに――。

御津島磨朱李本人に探りを入れたかったが、盗作の暴露を気にしていると思われたら、他の招待客たちに疑惑の目を向けられるだろう。それだけは避けなければいけない。

凜は他の面々の顔色を窺った。

動揺を押し隠している人間はいるだろうか。心当たりがあって、内心焦っている者は――。

表情を探ってみたものの、はた目には全員、御津島磨朱李の書斎を純粋に楽しんでいるように見える。彼の宣言の存在など、他愛もないジョークとして忘れてしまったかのように。

不安を感じているのが自分だけだとしたら――。

他の全員が全く気にしていないとしたら――。

凜は内心でかぶりを振った。

考えすぎないようにしよう。平静を装っているだけで、誰かの作品を故意に盗作した作家がいるかもしれない。

そのとき、藍川奈那子が「あっ」と声を上げた。彼女のほうを見ると、入り口そばの本棚を眺めていた。右手を伸ばし、一冊の単行本を手に取る。

「私の著作が――」

御津島磨朱李が彼女に顔を向けた。

「ああ、君たちの作品は全て楽しませてもらったよ」

「光栄です！」

藍川奈那子のテンションがさらに上がった。

普通なら喜ぶべきところだろう。

招待客の作品を全て読んでいる――。それは裏を返せば、全員が容疑者になる、ということだ。誰の作品の盗作に気づいたのか。

凜は一呼吸置くと、改めて本棚を見回した。近年の話題作もあれば、大作家たちの代表作もある。マイナーな名作、翻訳小説、新人賞の受賞作などなど――。

プレジデントデスクの両側には、多種多様な専門書籍がぎっしりと詰まっていた。

その真後ろに茶褐色のアンティーク風ドアがあり、隣にマホガニーのコートハンガーが立っていた。反対側には、伸び上がる植物を模したようなアイアン製の電話台があり、レトロなデザインのヨーロッパ風固定電話が置かれている。

完璧に雰囲気が作り上げられており、家主がデスクに突っ伏して殺害されている光景が容易に想像できる。ミステリーならそこから謎がはじまる。作家として理想の書斎というだけでなく、作家の想像力を掻き立ててくれる。

山伏が小説を手にとってはパラパラとめくり、本棚に戻していた。

「ここに一週間くらい籠もりたいですね。本好きにとっては最高の場所です」

錦野が茶化すように言った。

「叶うかもしれませんよ」

山伏が「え？」と振り返る。

錦野はドア上部の半円《ハーフラウンド》窓を指差した。磨りガラスではないので、猛吹雪が叩きつけている様が見える。

「吹雪はますます激しくなっているみたいですし、当分はやまないかもしれませんね」

当分――。

数日は吹雪が続く可能性がある。

その事実が否応なく不安を煽《あお》る。

御津島磨朱李が「さて」と言った。招待客たちを見回しながら言う。

「では、そろそろ昼食にしようか」

御津島磨朱李が書斎を出て行くと、全員が続いた。ダイニングに待機していた老執事に「昼食を」と指示する。

「かしこまりました。すぐにご用意いたします」

老執事がキッチンへ向かった。ＩＨコンロの上に用意されていた大ぶりの鍋の前に立つ。スイッチを押すと、ぐつぐつと音を立てはじめた。料理はあらかじめ用意されていたのだろう。

見ると、いつの間にか六人用のテーブルが伸長し、八人用に変わっていた。ロココ調の装飾が彫られた茶褐色のダイニングチェアも、四脚ずつ、向かい合うように置かれている。テーブルの両側には、中世ヨーロッパの宮殿を思わせる五灯の真鍮製燭台があり、本物のように揺らめくＬＥＤの蠟燭が立っていた。同じく真鍮製のデコラティブなナプキンホルダーがあり、ワインレッドのナプキン数十枚が立てられている。

各々の席の前には、サーモンとほうれん草のクリームシチューとカットされたガーリックバゲット、ニース風のサラダが並べられた。ドリンクは香りから察するにジャスミンティーのようだ。

「席は自由に座ってくれ」

御津島磨朱李がそう言って、奥側の中央の椅子に腰掛けた。錦野光一が彼の右隣に座ったので、凜は対面の左端に座ることで距離を取った。

錦野と親しくするつもりはない。表向きは爽やかな仮面を被っているが、その実態は――。

他の招待客たちが順番に座席についていくと、食事会がはじまった。幼い美々は疲れたのか昼寝中だ。

最初は全員が黙々と食事を口に運んだ。ときおり、「美味《おい》しいですね」と誰かが感想を口にする。

やがて、御津島磨朱李が口を開いた。

「静かすぎる食事は退屈だね。文壇に関わる者たちが一堂に会しながら、喋りもしないんじゃ、面白みに欠ける。せっかくだから、私から一つ、話題を提供しよう」

凛はスプーンを置き、彼の顔を見返した。全員の視線が御津島磨朱李に集まっている。

「……フィクションの登場人物に人権はあると思うかな？」

誰もが一瞬、言葉の意味を咀嚼《そしゃく》するように間を置いた。

「それはつまり――」山伏が尋ねる。「文字どおりの意味の、人権、ですか？」

御津島磨朱李は含みを込めた笑みで応えた。

解釈も含めての話題――ということか。

錦野光一が言った。

「物語の中においては、当然、フィクションの登場人物たちに人権があると思います」

「錦野さん」獅子川正が口を挟んだ。「御津島さんがおっしゃっているのはそういう意味ではないのでは？」

錦野光一が眉を顰めて彼に視線を注ぐ。

「いや、もちろん分かっていますけどね。話の口火を切るための意見です」

「すみません、難癖をつけたつもりはないんですが……」

獅子川正が一歩引いたことで、不快感をあらわにした錦野光一が狭量であるような印象が生まれた。

錦野光一が怒りを抜くように嘆息した。

御津島磨朱李が笑みをこぼした。

「創作の話になると、作家なら誰しも熱が入るものだ」彼は凜に目を向けた。「林原さんはいつもながらセンセーショナルな出だしで、読者の心を鷲掴《わしづか》みにするね」

「そう言っていただけると、光栄です」

「『天使の羽ばたき』は全裸の美女の惨殺死体が発見されて、名探偵が登場する。しかし、凄惨なシーンを書くと、読者からの批判もあるんじゃないかな？」

「……そうですね。私はフィクションのエンタメとして、読者が楽しんでくれることだけを意識して物語を作っているんですけど、たまに登場人物と作者を同一視する人がいて、辟易《へきえき》しています」

御津島磨朱李が興味深そうに「ほう？」と右眉を持ち上げた。

「私の作品の被害者は、男性も、拷問されて殺されたり、悲惨な死に方をしますし、性別で言えば男性の犠牲者が圧倒的に多いんですけど、美女の凄惨な死のほうが印象に残るのか、そこに過剰反応されて……。女性の作者だから、という理由で、『こんなふうに猟奇的に殺されたい願望があるんだろ』とかＳＮＳで書かれたり」

藍川奈那子が「分かります」と相槌を打った。「友人の女性官能作家からもそういう話、山ほど聞きます。『自分もこういう行為をしたいんだろ。だから書いてるんだろ』って絡まれて、うんざりしているそうです」

「明らかなセクハラですよね、そういうの。内容と作者の性癖を同一視して、本人の目に入る場所であーだこーだ書くの」

「そういうのは男の僕もあるよ」錦野光一が乾いた笑いを漏らした。「ヒロインに女子高生を据えただけで、ロリコンとか言われて、うんざりしたよ、正直。僕の作品のヒロインは、二十代から三十代がほとんどなんだけどね」

女性読者が多い彼は、いろんな層に楽しんでもらうためにヒロインの年齢や設定には多様性を持たせている、とインタビューで語っていた。

凜はジャスミンティーに口をつけた。

「あとは——登場人物を被害に遭わせると、キレる人が一定数いる、って事実が衝撃でした。キャラクターの人権を尊重しろ、とか叫び立てるんですよ？　信じられます？」

藍川奈那子が同情する口ぶりで言った。

「それ、絶対に林原さんのアンチですよ。それか、たまたま目に入った作品が気に入らなくて、難癖つけてるクレーマー」

「そう思います？」

「だって、妹以外の家族を鬼に殺された少年が妹を守るために強くならなきゃって、子供なのに傷だらけになりながら戦う漫画がアニメ化、映画化されて、国民的大人気作品になるんですよ。主人公の少年をそんな不幸のどん底に落としても、誰一人、その少年の人権を無視してる、なんて言わないですし」

彼女もSNSアカウントを持っているから、多かれ少なかれ難癖をつけられた経験があるのだろう。舌が滑らかになっている。

御津島磨朱李が笑いながら答えた。

「SNSなんてものは、百害あって一利なしだよ。そんなものは、世の中の悪意が可視化されただけだと思うね」

「それでも、少しでも宣伝になれば――と思って利用しています。微々たる宣伝力ですけど」

山伏が話に参加した。

「僕も作品や記事の紹介のためにアカウントは持っていますけど、面倒だな、と思うことはありますね。その点、今日はスマホを取り上げられてしまいましたし、SNSのような俗世と離れて、心穏やかに過ごせそうです」

「ちなみに――」安藤が訊いた。「皆さんのスマホはどこに保管されたんですか、先生」

御津島磨朱李が「ふふ」と悪戯っぽく笑った。「他人が勝手に触れない場所に厳重に保管しているよ。少々趣向を凝らしていてね。この集まりの最後に取り戻せるように考えている」

凜は不安を抱えながら尋ねた。

「取り戻せるように――とおっしゃるということは、御津島さんが普通に返してくださるわけではない、という認識でよろしいですか？」

「ああ。その認識で問題ないよ」

「返ってこない可能性も？」

「……それはどうだろうね。まあ、君たちなら問題ないと思うよ。たぶん、ね」

意味深な言い回しだ。

「話を戻すと、物語のキャラクターに現実の人間と同様の人権はない――という結論でいいかな？」

全員が「はい」とうなずいた。

「作家にとっては意見の対立が生まれない話題だったね」

「現実の人間と同様の人権があるなら、僕らは誰もフィクションの登場人物を殺したり、不幸にしたりできなくなりますから」

獅子川正が答えた。

「そうですね」藍川奈那子がうなずく。「フィクションだからどんな事件も起こせるんです」

「うむ」御津島磨朱李が言った。「では、フィクションの登場人物が現実の個人をモデルにしている場合はどうだろう？」

「現実の個人ですか？」凜は訊き返した。

「たとえば、私が君たちと同じ名前を使ってミステリーを書いて、作中で殺した場合は？」

「人権うんぬんというより、無許可だと問題が生まれそうです」

「御津島先生の著作に登場できるなら、殺される役目でも、犯人の役目でも、私なら嬉しいです」

そう答えたのは藍川奈那子だ。

実際、そういう人たちは少なくない。作家だと告げると、すごいですね、と持ち上げられた後、殺される役でもいいのでいつか自分を登場させてください、と言われることがある。映画やドラマに出演するような感覚なのかもしれない。〝自分〟が被害に遭っても、犯人にされても、空想事だから楽しめるのだ。

山伏が言った。

「自分と同じ名前のキャラクターが作中で殺されたらいい気はしない、という人もいれば、作り物として楽しむ人もいて、それは人それぞれでしょうね」

「それはそうだね」御津島磨朱李がうなずいた。「食事を止めてしまったね。さあ、食べてくれ」

全員が「はい」と答え、食事を再開した。

しばらく経ったとき――。

「本格推理小説の世界なら、このタイミングで招待客の一人が毒殺される――という感じかな」

御津島磨朱李がさらっと言った。

錦野光一が噎《む》せ返り、真鍮のナプキンホルダーからワインレッドのナプキンを手に取って口元を押さえた。

「失礼――」

錦野光一は軽く会釈した。

御津島磨朱李が大口を開けて笑う。

「単なるジョークだよ、錦野君」

錦野光一が苦笑した。

「お人が悪い……」

「まあ、昼食時に事件は起きないものだよ。洋館での毒殺事件は晩餐会《ばんさんかい》と相場が決まっている」

凜はフォークを置いた。

「晩ご飯が怖くなります」

「意地悪を言ってしまったね。しかし、ミステリー作家ならその程度の妄想は働かせないかな？」

「たしかに」獅子川正が答えた。「本格推理の舞台としては申し分ありませんし、吹雪に閉ざされている今、何かが起こりそうな気配が漂ってます」

「だろう？」

「僕も先ほどから、自分ならここでどういう事件を起こして、どういうトリックを仕掛けようか、つい考えてしまっています」

「妄想だけにしてくれよ」

「もちろんですよ。犯罪者になるのはまっぴらごめんです」

「いやいや、そういう意味ではなく、私の邸宅を舞台にしないでくれよ、という意味だよ。事件が起こった舞台で生活し続けるのは寝覚めが悪い」

御津島磨朱李は再び大笑いした。

吹雪はますます強くなってきているようだった。

5

食事が終わると、山伏大悟は皆と一緒に席を立った。御津島磨朱李の案内で二階の各部屋――マスターベッドルーム、シアタールーム、廊下の先のゲストルームを案内された。一階と同じく、二階の各部屋も凝った内装だった。案内されながら全員が感嘆の声を漏らしていた。

一階のリビングへ戻ると、御津島磨朱李がふと掛け時計に目をやった。

「すまんね、私は少し書斎で仕事をしてくるよ。早々に主《あるじ》が抜けるのは非礼だと分かっているが、締め切りが迫っている原稿の存在を思い出してね」

林原凜が「お気になさらず」と答えた。

「少々時間がかかるかもしれん。シアタールームでもどこでも自由に使って、楽しんでくれ」

錦野光一が満面の笑みで「いいんですか？」と声を上げた。

「ゲストを退屈させるわけにはいかんだろう。飲み物は執事に声をかけてくれ」

老執事がうやうやしく一礼する。

「書斎以外なら自由に出入りしてくれて構わない」

「ありがとうございます」

御津島磨朱李は踵を返そうとし、動きを止めた。思い出したように言う。

「あ、そうそう。一つ忠告があった」

「忠告――ですか？」

「ああ。ドアや窓なんだがね……」

御津島磨朱李は背を向け、玄関のほうへ歩いていった。全員で飾り柱《コラム》が両脇に建つアーチを抜け、ホールまで付いていく。

「開けると――」

彼は靴を履いて玄関に下り、ドアの鍵を開け、押し開けた。そのとたん、けたたましい警報が御津島邸全体に鳴り響いた。

全員が驚きの顔を見合わせる。

「こうなる」

御津島磨朱李は玄関脇のパネルを操作し、警報を切った。体でパネルが隠れていたから、どのような操作をしたのか――パスワードを入力したのか、それとも特殊なキーでも差し込んだのか――招待客たちには見えなかった。

彼がにやりと笑いながら振り返った。

「私の邸宅は警報装置が付けられていてね。外との出入りができる全ての窓とドアにだ。もし開けたら、私がこうして止めるまで警報が鳴り渡る」

「なるほど」林原凜がうなずいた。「部外者が侵入しようとしたら一発で分かるんですね」

錦野光一が大真面目な顔で言った。

「逆に言えば、俺らは御津島邸に閉じ込められたわけですね。厳密には出て行けるわけだけど、誰にも気づかれず――とはいかない。ですよね？」

御津島磨朱李が笑みで応えた。さすが発想がミステリー作家だね、と愉快がるように。

錦野光一が胸を躍らせたような口ぶりで言った。

「警報が鳴ったら、その瞬間に誰かがドアか窓を開けたんだと周知されます。この吹雪なので、外部から人がやって来る可能性は皆無。つまり、招待客の誰かが外へ出た――ということになります。このシチュエーションで長編を一本、作れそうですね」

「私の家は私のネタにさせてくれよ」

御津島磨朱李が朗らかに笑いながら廊下の先にある書斎へ姿を消すと、緊張がふっと緩んだ。気さくに話してくれているとはいえ、業界に君臨する大御所作家を前にしているのだ。新人や中堅の同業者なら誰でも緊張するだろう。

「それにしても素敵なお宅ですね」藍川奈那子が改めてリビング内を見回した。「憧れの御津島先生のご自宅に招待していただいて、先生ご本人とお会いできるなんて夢のようです」

錦野光一は電気暖炉のマントルピースの上に掲げられた重厚な大型ミラーを眺め、自分の髪形をチェックしていた。毛先をいじりながら「たしかにね」と軽く応じた。御津島磨朱李が場を離れるや、ずいぶんリラックスしたようだ。

「実はリビングの様子を覗き見る隠しカメラがあったりして……」

獅子川正が冗談めかして言ったとたん、錦野光一がピクッと反応し、慌てた顔で周辺を見回した。

林原凜が「まさか」と笑い声を上げた。

「本格推理小説だと、家主の怪しい趣味は定番でしょう？　動機は様々ですが」

獅子川正が言うと、林原凜が「『人間椅子』のような？」と江戸川乱歩の作品タイトルを口にした。

百年以上前に発表された短編で、椅子専門の家具職人である主人公が椅子の中に空洞を作ってそこに潜み、その椅子を購入した家の女性作家に執着していくという、いわゆる〝エログロナンセンス〟だ。

「いやいや」獅子川正が言った。「乱歩御大の作品なら、むしろ『屋根裏の散歩者』では？」

『屋根裏の散歩者』は、下宿屋の押し入れから屋根裏に上がれると知った主人公が天井から住人たちの私生活を覗き見るうち、完全犯罪の欲求にとり憑《つ》かれる倒叙形式——物語の最初から犯人が分かっている推理小説のジャンル——の短編だ。明智小五郎シリーズの五作目でもある。

林原凜が反論する。

「『屋根裏の散歩者』は下宿が舞台ですし、あまりしっくりこない気もします」

「それだと『人間椅子』も同じじゃないですか？」

二人が古今東西のミステリー小説の作品名を挙げはじめたとき、藍川奈那子が少し憤慨したように口を挟んだ。

「隠しカメラなんて、御津島先生はそのような非常識なことは絶対にされません」

二人のミステリー談義がぴたっと止まった。

獅子川正が苦笑いしながら答える。

「本当に見張られていると思っていたら、こんな話題は口にしないですよ」

「それはまあ……」

「でしょ？」

「私は、御津島先生がいらっしゃらない場でこういう話は失礼じゃないかと――」

「軽口の類いですから。それとも――告げ口でもします？」

藍川奈那子が眉間に皺を刻んだ。

「そんなことしません！」

獅子川正が爽やかな笑みを浮かべて見せた。

「よかったです」

彼女が毒気を抜かれたように黙り込んだ。

「それよりも――」錦野光一が真面目くさった顔で切り出した。「俺は例の盗作暴露の話が気になりますね」

面々を見回しながら「皆さんはどうですか?」と訊く。

他の三人の作家が互いの顔を覗き見る。相手の内心を探るような眼差しが交錯した。

盗作の暴露——か。

作家たちは内心、落ち着かないのではないか。故意に盗作をしていなくても、参考にしたり意識したりした先行作があれば、それのことなのか不安に駆られると思う。疑惑が吹聴されるだけでも作家として致命傷になる〝罪〟だ。

疑惑が出たとき、どの作品がどの作品の盗作とされているのか、公になった場合はまだ救いがある。一般読者が作品を見比べ、アウトかセーフか判断できるからだ。

たとえば、中盤で兄が病死するシーンしか一致点がなかった、とか、トリックも展開も全然似ていないけどどちらも双子トリックだった、とかだった場合、その程度の類似をアウトと見なせば、世の中の大多数の作品は何かの盗作とされてしまうし、言いがかりだと判断できる。

しかし、〝盗作元〟の作品が明らかにされなかったり、タイトルは出ていてもその作品がマイナーすぎて読んでいる読者がいなかったりした場合は厄介だ。比較できないので、無実だと判断してくれる読者がおらず、〝盗作作家〟の汚名だけが一人歩きしていく。

文芸界でも盗作疑惑が浮上した作家や作品は枚挙にいとまがない。これは自作の盗作だ、と作家が声を上げるケースもあるし、これは誰々のあれの盗作ではないか、と読者が声を上げるケースもある。双方のファンが入り乱れて侃々諤々《かんかんがくがく》、盗作なのか盗作ではないのか、議論が激化する。

疑惑の大半は、吊るし上げられた側が盗作を否定し――該当作は読んだこともない作品だと反論し――、事実無根の冤罪《えんざい》として決着することが多い。イラストの世界のトレース――他作品の絵を下敷きにしてキャラクターなどの線をなぞり、体形やポーズを別キャラクターに置き換える行為――とは違い、客観的に見てアウトと断じることができるケースが少ないからだ。

最初に口を開いたのは林原凜だった。

「私は御津島さんなりのジョークかと思いました。だからすっかり忘れてました」

「私も同じです」藍川奈那子が同調した。「盗作うんぬんなんて言われても心当たりありませんし、御津島先生がこの集まりを盛り上げようとしておっしゃったのかな、って」

錦野光一が鼻で笑った。

「いやいや、建前はよしましょうよ。あんな意味のないジョークは言わないでしょ、普通」

藍川奈那子が「そうですか？」と首を傾げる。

「ジョークなら、オチがあるはずでしょ。その場で『なーんてね』で終わらせないと、笑い話にできません。もったいぶって引っ張るようなネタじゃないと思いますね」

「……まあ、それはそうかもしれませんね」

「だから本当に暴露があるんだと思ってますよ、俺は」

藍川奈那子が他の作家たちを見回した。

「この中の誰かの作品が盗作――」

「僕は違いますよ」獅子川正がかぶりを振った。「盗作なんてモラルに反する行為、断じてしません」

錦野光一がいぶかしむような眼差しを向ける。

「断言できるんですか？」

「もちろんです。作家の良心に誓います」

「……へえ」

「何ですか」

「でも、あなたはコンビ作家の執筆担当でしょう？　プロットは相方の真さんが考えているんですよね。なぜあなたに断言できるんですか？」

「それは――」

獅子川正が言葉を詰まらせた。

「でしょう？」

「……僕は真を信じてます」

錦野光一が冷笑した。

「別にお二人を疑うわけじゃないですけど、せめて本人が否定しないと、説得力はないんじゃないですかね」

編集者の安藤が「まあまあ」と作家たちのあいだに割って入った。「現時点で御津島先生の真意は分かりませんし、あれこれ考えても仕方がないのではないでしょうか」

錦野光一が彼に目を向けた。

「たしか事前に多少聞いていたんでしょう？　本当に詳しいことは何も知らないんですか」

安藤は困り顔でうなずいた。

「御津島先生がおっしゃったとおり、今日の集まりで、ある作品の盗作を暴露する、としか知らされていませんでした。招待状と一緒に手紙が同封されていまして、そこでそのように――」

「御津島さんとは電話もしないんですよね？」

「覆面作家として徹底して編集者にも素性を隠されていましたから。お声を聞いたのは今日が初めてです」

「メールで詳しい話を訊かなかったんですか」

「はい。手紙の中で、それ以上は当日まで内緒だ、とおっしゃっていましたので」

錦野光一は嘆息した。

「手がかりはなし――か」

林原凛が目を細めて、彼の顔を見つめた。慎重な口ぶりで訊く。

「そんなに気になります？」

「いや、そういうわけじゃないけどね。俺自身がどうの、ってことじゃなく、もし盗作疑惑が事実で、この中の誰かが告発されるなら、場の空気が凄いことになりそうだな、って。そうでしょ？　告発された作家は居心地悪いと思うよ。針のむしろ」

作家陣の顔が険しくなった。それぞれの胸中にあるのは、不安なのか怯《おび》えなのか――。

ぽつりとつぶやいたのは安藤だった。

「……本当に皆さんの中のどなたかの作品なんでしょうか」

錦野光一が「どういう意味です？」と尋ねた。

「御津島先生は、『あるベストセラー作品が盗作であることを公表しようと思う』としかおっしゃいませんでした。全然別の作家のベストセラーの可能性もあるのではないでしょうか」

「いやいや。それをここで発表する意味はないでしょう。招待客の中に疑惑の作家がいる――と考えるのが自然では？　無関係の人間を招待しないでしょうから」

「関係――ですか」獅子川正が言った。「そうだとしても、必ずしも僕らの作品とはかぎらないかもしれませんよ」

「ちょっと意味がよく――」

「たとえばですね、僕らが関わった誰かの作品の盗作疑惑かもしれませんよ。帯コメントを寄せたり、新聞エッセイで取り上げて称賛したベストセラーかも」

「それは関係が薄すぎでしょ」

「……僕が疑問なのは招待客の面子です」

「面子？」

「ええ。盗作した作家を仮にAとします。Aの盗作を暴露するとして、他の招待客はそもそも部外者ですよね？　どんな理由で他の作家や評論家を招待したのか、気になりませんか？」

錦野光一が思案げにうなった。

獅子川正が間を置いてから口を開いた。

「僕は――全員が何らかの関与をしているんじゃないか、と思っています」

「は？」

錦野光一が素っ頓狂な声を上げた。

「たとえば、山形勇作《やまがたゆうさく》さんの新刊の勝負作『悲報拡散』。中堅作家、大御所作家が何人もＰＯＰ《ポップ》にコメントを寄せましたよね」獅子川正が全員の顔を見回した。「僕を含め、皆さんの名前を目にしました。〝ミステリーファンなら必読〟。錦野さんはそう称賛していました。林原さんと藍川さんのコメントもありました。山伏さんは毎朝新聞のブックレビュー欄で書評していましたよね」

山伏は眉を寄せた。

「『悲報拡散』が盗作だと――？」

「いえ、たとえばの話です。『悲報拡散』のように、僕ら全員が関与した作品は何作もあるはずです。そう考えたら、ある意味、当事者でもありますし、僕らが招待された理由にも説明がつくと思うんです」

山伏はその可能性を考えてみた。

話題作であれば、作家はもちろん、出版関係者の多くが何らかの媒体で触れる可能性は高くなる。文芸誌の書評、新聞コラム、自分のＳＮＳ、販促用のＰＯＰやパネルに掲載されるコメント、作品の帯コメント――。

「可能性はゼロではないかもしれませんね」山伏は答えた。「招待客の中の誰かの盗作を告発――という話より、信憑性《しんぴょうせい》はあるかもしれません」

「でしょう？」

「新居お披露目パーティーの場で、招待客の一人を吊るし上げる催しは、少々、悪趣味な気もします。エッセイその他から見えていた御津島さんの人柄とは一致しません」

「そうなんです。御津島さんは『君たちが称賛したあの作品は盗作だったんだよ』と明かすつもりなのではないでしょうか。それなら全員が驚いて終わりです。この場での〝処刑〟はありません」

とはいえ、自分が書評で称賛した作品が盗作だと発覚したら、文芸評論家として不明を恥じねばならないだろう。他人事《ひとごと》ではない。そういう意味では、作品にコメントを寄せたり、SNSで絶賛した作家よりダメージが大きいとも言える。

一体誰のどの作品が盗作なのか。

御津島磨朱李が暴露するのは――。

6

コーヒーを飲みすぎたようだ。

錦野光一は尿意を覚えた。ダイニングの片隅にある扉を開け、個室トイレに入る。リビングと同じ『アヴェ・マリア』の荘厳な旋律が流れる中、マホガニー色のフレームのミラーと重厚な洗面化粧台に出迎えられた。クリーム色の腰パネルに、深緑を基調にゴールドの花綱《はなづな》模様があしらわれた壁紙――。

目を上げると、天井の大部分を占めるほど大きなゴールドのシャンデリアがあった。花が咲くような上向きのシェードにオレンジ色の光が滲んでいる。

宮殿風のデザインだ。

錦野は便器の蓋を上げると、ズボンを下ろして便座に腰掛けた。正面の壁には窪《くぼ》んだニッチがあり、造花が飾られた花瓶が置かれている。

右を見ると、トイレットペーパーホルダーは、デコラティブなアンティークゴールドの真鍮製だった。

トイレとは思えない豪華さだ。

ふう、と息を吐きながら小用を足した。そのとき、カサッと紙の音が耳に入った。

音のほう――入り口のドアに目を投じた。ドアの下の二センチほどの隙間から一枚のメモが差し入れられていた。

何だ――？

錦野は小便を終えてから立ち上がり、トランクスとズボンを上げ、ベルトを締めた。メモを拾い上げる。

毒々しい血の色で書かれた文字――。

御津島磨朱李が暴露する盗作作品を知りたければ、マスターベッドルームを調べろ。

――これは一体何だ？

錦野は目を瞠り、手も洗わずにトイレを飛び出した。リビングダイニングを見回す。

一体誰がメモを――。

獅子川正と編集者の安藤は暖炉を向いた一人掛けソファに座り、トイレに背を見せる形で喋っている。

林原凜はキッチンの中で老執事と話している。紅茶の種類について話を聞いているようだ。

藍川奈那子と娘、文芸評論家の山伏、名探偵の天童寺琉の姿はない。

注意深く目を這わせていると、視線を感じたのか、獅子川正がソファに座ったまま首を回した。

「どうしました？」

「あ、いや――」錦野は反射的にかぶりを振ったが、思い直して「訊きたいことが」と切り出した。

獅子川正が首を捻る。

彼と話していた安藤も向き直っていた。

「……トイレに誰かが近づくのを見ませんでしたか？」

獅子川正と安藤が顔を見合わせた。そして錦野に目を戻し、「いえ」と揃って答えた。

吹き抜けのホールへ進み出ると、錦野はふと気配を感じて、サーキュラー階段の下の空間に目を向けた。

天童寺琉が階段下のスペースでチェアに腰掛けて脚を組み、御津島磨朱李の既刊を読んでいた。隣には、仄かな明かりの灯るテーブルランプが置かれた猫脚のチェストがある。

「……いたんですか、天童寺さん」

天童寺琉は顔を上げた。

「驚かせてしまいましたか。昔からこういう狭いスペースが落ち着く性分でして。子供も立ち上がれないような屋根裏部屋に籠もって、本を読みふけったり――」

天童寺琉がメモを差し入れた可能性はあるだろうか。

錦野は位置関係を確認した。

トイレの場所からは、アーチ天井の先にあるサーキュラー階段下のスペースは死角になっている。獅子川正と安藤も、ソファに座って背を向けていたら、天童寺琉が立ち上がってこっそりトイレに近づいたとしても、気づかなかっただろう。

だが――。

出版業界と関係ない唯一の部外者である天童寺琉に、あのようなメモを寄越す動機があるとは思えない。

「天童寺さん」錦野は訊いた。「誰かが階段から下りてきたりはしませんでしたか?」

「……誰かとは？」

天童寺琉がいぶかしむように訊き返した。

「たとえば、山伏さんや藍川さんです」

書斎に籠もっている御津島磨朱李を除けば、一階にいないのはその二人――藍川奈那子の娘も含めれば三人――だ。

天童寺琉は眉根を寄せて「うーん……」とうなった。「すみません、読書に夢中になっていて、人の存在は意識していませんでした。たぶん、誰も下りてきていないと思いますが……」

天童寺琉がメモを差し入れたとしたら、一人でも容疑者を増やすため、『気づかなかっただけで、誰かが下りてきた可能性はあります』と答えるだろう。

二人で話していた獅子川正と安藤。同じく会話中の林原凜と老執事。部外者の天童寺琉――。五人がメモの主でないなら、藍川奈那子か山伏の二人に絞られる。だが、二階から下りてきたら、天童寺琉の前を通らなければリビングにもダイニングにも入れない。

錦野は拳の中に握り込んだメモの存在を意識した。

――誰にも気づかれずにトイレ内にメモを差し入れることは、全ての招待客に不可能ではないか。

誰がどうやって――？

そもそも、メモの内容に信憑性はあるのか？　盗作の暴露――という目的に関しては、招待客の誰もが先ほど聞かされたばかりだ。御津島磨朱李の言葉を信じるなら、そのような思惑があることは誰にも教えていなかったという。

担当編集者の安藤だけは、招待状に同封された手紙の中で、盗作を暴露する計画を教えられていたらしいが、それ以上は何も知らないと言った。老執事なら協力者として、あらかじめ事情を聞かされている可能性はある。

だが——。

二人とも、それぞれ会話中だった。安藤は獅子川正と。老執事は林原凜と。

アリバイがある。

アリバイがない者は、藍川奈那子、山伏、天童寺琉の三人だが、彼らは盗作に関する情報をついさっきまで知らなかった。メモの内容を書くことはできない。

それとも——。

メモは単なる悪戯か？　余興の一環とか？

錦野は改めてリビングダイニングを見回した。安藤は獅子川正との会話に戻り、林原凜は老執事との会話を続け、天童寺琉は読書に戻っている。

メモの謎について考えていると、階段からスリッパの足音が聞こえてきた。

見上げると、藍川奈那子が娘と一緒に下りてきた。二人がホールに下り立ったとき、錦野は彼女たちに近づいた。

「二階で何を——？」

藍川奈那子が娘を見下ろした。

「娘を二階のトイレに連れていっていました」

トイレ――か。

つまり、一階のトイレが使用中だったから、二階へ上がったということだ。

一階のトイレにメモを差し込んでから二階のトイレへ向かうことは、時間的に可能だ。

分からないことだらけだ。

髪を掻き毟《むし》ったとき、今度は山伏が階段を下りてきた。ホールで向き合う二人を目に留め、軽く会釈する。

「山伏さんは二階で何を――？」

尋ねると、山伏は「御津島邸を堪能していました」と答えた。その表情を探るも、一見して分かるような不自然さは表れていなかった。

「いやー、大したものですね、御津島邸は」

山伏は本当に館を堪能していただけなのか？

御津島磨朱李が暴露する盗作作品を知りたければ、マスターベッドルームを調べろ。

実は山伏も同じメモを受け取っていて、一足先にマスターベッドルームを探っていた可能性はないだろうか。

とはいえ、作家と違って著作を持たない山伏は、盗作を告発される心配がない。容疑者ではない。謎のメモを受け取ったとしても、別に慌てる必要はないだろう。
では一体誰が何のために――。

7

「お母さん、ひまー！」

娘の美々がぐずりはじめ、藍川奈那子は慌てた。三歳児の甲高い叫び声に数人の目が注がれている。

「ほら、おとなしくしてる約束でしょ？」

「ひまー！」

奈那子はバッグから人気キャラクターのぬいぐるみを取り出し、差し出した。

「これで遊んでおいてね」

「いや！」

美々は全身でぬいぐるみを突き返し、猛然とかぶりを振った。髪が振り乱される。

「お願いだから我がまま言わないで」

尊敬する御津島磨朱李の邸宅で迷惑をかけたくない。印象が悪くなることに耐えられない。

今このとき、御津島先生が戻ってきたら――。

思わず声を荒らげそうになったとき、老執事が歩み寄ってきて、話しかけた。

「シアタールームでアニメ映画でもご覧になりますか?」

奈那子は驚きながら老執事を見返した。

「でも——」

邸宅内で自由に過ごしていいとは言われていたものの、シアタールームを利用するのは図々しすぎるのではないか。利用は許可されているものの、社交辞令として受け取るべきでは?

老執事は内心の躊躇《ちゅうちょ》を読み取ったのか、丁寧な口調で言った。

「御津島様からは、映画に興味があればぜひ楽しんでもらってくれ——と申しつけられており、操作端末も預かっております」

美々は期待感いっぱいの瞳を輝かせて老執事を見上げている。

リビングで延々とぐずられているよりは——。

「それじゃあ、お願いしても構いませんか?」

「もちろんでございます」

老執事はうやうやしくお辞儀をし、サーキュラー階段へ歩いていく。

奈那子は娘の手を引き、老執事について二階へ上がった。マスターベッドルームのダブルのドアから、シアタールームへ入った。赤を基調とした内装に統一されている。

落ち着いた赤色の壁は、ゴールドの壁面装飾《モールディング》と付柱《ピラスター》が施されていた。中央に三人掛けの赤い布張りリクライニングソファが鎮座している。正面にはヨーロッパの劇場を思わせるベルベットの引き幕が閉まっていた。

ドット柄の赤い絨毯《じゅうたん》はふかふかで、美々は嬉しそうにはしゃいでいた。

シアタールームの後ろには、小型のバーカウンターがあり、天板に十数個のワイングラスがシャンデリアのように逆さまに引っかけられている。

ソファに並んで座ると、老執事がタブレットを操作した。燕尾服の執事と現代的なタブレットの組み合わせは少しちぐはぐで、何となく浮いているように見えた。

だが、静かにベルベットの引き幕が左右に開きはじめると、そんな些細なことは気にならなくなった。

舞台の開演——という雰囲気。

百二十インチのスクリーンが現れた。引き幕は両脇に纏まっており、それがますます劇場の雰囲気を作り出している。

美々が「わー！」と大喜びで歓声を上げた。

老執事がＤＶＤを差し込み、タブレットを操作した。天井と前面両サイドのスピーカーが重低音を発し、映像が流れはじめる。動物をモチーフにしたアニメキャラクターが登場し、ドタバタ劇を繰り広げるアメリカのアニメ映画だ。

美々はあっという間に機嫌を直し、食い入るようにスクリーンに夢中になっていた。

奈那子は老執事に頭を下げ、唇の動きで感謝を告げた。

老執事は会釈を返し、シアタールームの後ろ側のドアから出て行った。邪魔にならないよう、配慮してくれたのだろう。

奈那子は娘と一緒に十五分ほどアニメ映画を観た。そのうち、一階の様子が気になりはじめた。

御津島先生が戻ってきていたら、招待客の中でたった一人、仲間外れになってしまう。そわそわと落ち着かない気分になる。

「みーちゃん」奈那子は娘の横顔に話しかけた。「少しのあいだ、おとなしくアニメ観ていてくれる？」

美々はスクリーンから目を離さず、大きくうなずいた。

アニメに無我夢中だから、しばらくは静かにしていてくれるだろう。

奈那子はソファから立ち上がると、後ろのドアから廊下に出た。クリーム色の腰パネルと、モスグリーンに塗られた壁のコントラストが美しい。壁には等間隔に飾り柱《コラム》が付けられており、大窓をネイビーブルーのカーテンが覆っていた。

廊下から吹き抜けのホールへ向かうと、階下から談笑する声が聞こえてきた。

サーキュラー階段を下り、リビングに入った。ダイニングテーブルでコーヒーを飲んでいた錦野光一が顔を上げ、「娘さんはどうしたんです？」と声をかけてきた。

「一人でアニメを観ています」

「贅沢《ぜいたく》ですね、あの部屋を独り占めなんて」

「大喜びでした」奈那子は笑いながら言った。「うちの小さなテレビじゃ、満足してくれなくなりそうで怖いです」

「あ、それはあるでしょうね」

奈那子はリビングダイニングを見回した。天童寺琉は階段下のスペースに籠もって読書に勤《いそ》しんでいる。山伏と獅子川正は、奥のソファとチェアに腰掛け、円形のコーヒーテーブルを挟んで小説談義をしている。老執事はキッチンに立っていた。

「他の方は？」

錦野光一も釣られたように室内を見渡した。

「林原さんはパウダールームへ行きましたよ。安藤さんは御津島さんと打ち合わせがあるとかで、書斎へ」

「そうなんですね」

「みんな好き勝手してますよ」

錦野光一が苦笑いした。

とりあえず、娘とアニメを観ている最中に一階でイ、ベ、ン、ト、が起こっていなくてよかったと思う。

「じゃあ、私も娘のところへ戻りますね」

「お茶の一杯でも飲んでゆっくりしていけばどうです？」

「娘を一人にしたままじゃ、心配ですから。御津島先生のお宅の大切なものを勝手に触っていたら困りますし……」

「たしかに。だったら、俺が様子を見てきましょうか？」

「え？　それは申しわけないです」

「俺もシアターに興味がありますし。せっかくの機会なので、拝見したいな、と」

奈那子は少し迷ったものの、厚意に甘えることにした。

「それじゃあ、お願いします」と軽く頭を下げると、彼はうなずいて二階へ上がっていった。

一時《いっとき》でも子守から解放されると、気持ちが落ち着いた。

奈那子は老執事にハーブティーをお願いした。

「かしこまりました。少々お待ちください」

老執事はイギリス風のティーポットに湯を注ぎ、ハーブティーをカップに注いだ。

奈那子はリビングの一人掛けソファに腰を落ち着けると、猫脚のローテーブルに運ばれてきたカップに口をつけた。

しばらくゆっくりと過ごした。

そのときだった。

突如、断末魔の叫びを思わせる絶叫が聞こえ、リビングダイニングにいた招待客全員が一斉に天井を見上げた。

8

山伏大悟は獅子川正と顔を見合わせた。

「今の声――聞きましたか？」

「……はい」獅子川正の顔には緊迫感が表れていた。「二階から聞こえましたよね」

「御津島さんの叫び声のようでした」

獅子川正の表情に困惑が宿った。

「……上から、でしたよね？」

「しかし――」山伏は廊下のほうを振り返った。「御津島さんは書斎でしょう？」

「いつの間に二階へ……」

名探偵の天童寺琉がサーキュラー階段下のスペースから出てきた。同時にパウダールームのドアが開き、林原凜も顔を出した。

「お二人も聞きましたか？」獅子川正が言った。「御津島さんの叫び声でした。二階からです」

林原凜が緩くかぶりを振った。

「そんな、まさか……」

「あの叫び声はただ事ではありませんでした。何かがあったのかもしれません。一刻を争います。全員で二階へ！」

藍川奈那子が「急ぎましょう！」と急《せ》かした。

その場の全員で二階へ上がり、マスターベッドルームのドアを開けた。驚いた顔の錦野光一が本棚の前に突っ立っていた。

「どうしたんですか、皆さん揃って……」

彼が当惑したように言うと、藍川奈那子が訊いた。

「御津島先生の叫び声が聞こえませんでした？」

錦野光一が一瞬、視線を天井に向けた。だが、すぐに面々に戻した。

「いや、読書に集中していたので、気づきませんでした」

彼が手に持っているのは文芸誌だった。

山伏は改めてマスターベッドルームを見回した。イギリスのヴィクトリアン調に統一されている。赤を基調にした黒のダマスク柄の壁紙とクリーム色の腰パネルの対比が鮮やかで、バッキンガム宮殿の大広間を思わせるデザインだ。宮殿と同じく、豪華な額縁の絵画が各所に飾られている。

尖塔のように捩《ね》じれ上がるヘッド部の飾りが目を引く、赤みがかったマホガニーのフレームが重厚なダブルのベッドが鎮座していた。猫脚のベッドサイドテーブル、アンティークのダベンポートデスク――傾斜蓋の天板が付いた背の高い机――、彫り込まれたデザインのフレームの二人掛けソファ。壁際には仕事用のアンティークデスク。正面には電気式の暖炉があり、その両側にデザイン的な本棚が置かれている。

「御津島先生は来られていませんか……？」

藍川奈那子が錦野光一に訊いた。

「いや、誰も来ていませんね」彼は本棚に文芸誌を戻した。「御津島さんに何かあったんですか？　書斎にいるはずでは？」

「上から叫び声が聞こえたので、全員で上がってきたんです」

「少なくとも、ここには誰も来てませんよ」

「そうですか……」

天童寺琉がマスターベッドルームに踏み入り、垂れ下がるシーツの端をめくり上げ、ベッドの下を覗き込んだ。

「一体何を――」

山伏が訊くと、天童寺琉は顔を上げて答えた。

「念のための確認です」

錦野光一が呆れ顔で言った。

「そんな場所に隠されている人間は死体だけですよ」

その場の全員の顔が強張った。

錦野光一はその表情の変化に気づいたのか気づかなかったのか、軽く肩をすくめた。

藍川奈那子がシアタールームに続くダブルのドアを開け放った。娘の美々がソファに座って一人でアニメ映画を観ていた。場の雰囲気に不釣り合いなキャラクターの甲高い笑い声が上がっている。

「みーちゃん」

彼女が呼びかけると、娘が顔を向けた。

「おかーさん！」大画面のスクリーンを指差し、興奮した声でまくし立てる。「みてみて！

すごい！」

「御津島先生は来なかった？」

「みつしまセンセイ？」

「そう。さっきご挨拶したでしょ」

美々は小首を傾げた後、ぶんぶんと頭を横に振った。

天童寺琉がシアタールームに入り、ソファの後ろ側を確認した。山伏も釣られて目をやった。

当然、誰の姿もない。

「マスターベッドルームでもシアタールームでもありませんね」天童寺琉が顎を撫でた。「二階のトイレを見てからゲストルームへ行きましょう」

全員でマスターベッドルーム側から階段前に移動し、二階トイレのドアを開けた。鍵はかかっておらず、無人だ。

「残るは——ゲストルームですね」

天童寺琉に付き従って廊下を進み、突き当たりにあるゲストルームに入った。フランスのロココ調の内装だ。マスターベッドルームと違って、室内も家具も白が基調になっている。クリーム色の壁にふんだんに施された壁面装飾《モールディング》、王妃が寝るようなクイーンサイズのベッド、装飾が華美な洗面化粧台とドレッサー——。

一目で分かる。誰もいない。

全員で顔を見合わせた。

天童寺琉がクローゼットの折れ戸を開けた。ゴールドのハンガーラックがあり、バーに同色のハンガーが掛けられている。

続けてマスターベッドルームのときと同じく、ベッドの下を確認した。

「ゲストルームも無人となると――」

彼は奥の一面に引かれたカーテンを見つめた。

藍川奈那子が奥へ向かい、両開きのカーテンをがばっと開いた。左右を大窓に挟まれたガラス扉が現れた。

彼女が摘まみに手を伸ばしたとき、天童寺琉が横から手首を摑んで制止した。

「何をするんですか！」

「忘れたんですか。窓や扉を開けたら警報が鳴りますよ。御津島さんがそうおっしゃっていたはずです」

藍川奈那子が「あっ」と声を漏らし、まるで熱した鉄に触れそうになったかのように腕を引いた。

林原凜が「でも――」と口を挟んだ。「御津島さん本人なら警報を切って外に出ることは可能ですよ」

山伏はガラス扉に近づき、外を覗き見た。吹雪によって白一色に染まっているものの、扉の先はボウリングピンを思わせる白いバラスター手摺りに囲まれたバルコニーになっている。

石畳のバルコニーに御津島磨朱李が倒れ伏していることなどはなかった。

「そもそも、状況が分からなすぎます」山伏は面々を振り返った。「御津島さんの叫び声が聞こえましたが、あれは何だったのか……」

天童寺琉が深刻な顔で答えた。

「御津島さんが転倒されたとか、そんなことも考えましたけど、それなら消えているはずがありません」

獅子川正が踵を返した。

「書斎を見に行きましょう」

全員で階段を下りた。天童寺琉が「念のために――」と一階トイレとパウダールームを調べた。浴室の浴槽の中も、ランドリーも、しっかり見たものの、御津島磨朱李の姿はなかった。

一階廊下の突き当たりにある書斎に来た。獅子川正がノッカーを叩く。

間を置き、室内から「はい！」と応じる声がした。

一瞬、御津島磨朱李がいるのかと思ったが、声は違った。

ドアを開けて書斎に入ると、担当編集者の安藤が奥に立っていた。当惑した眼差しで面々を順に見る。

「あのう……。そんな顔をして、どうかしたんですか」

獅子川正が「御津島さんは？」と尋ねる。

「御津島先生ですか？」

「打ち合わせをしていたのでは？」

安藤の瞳に困惑の色が表れた。

「それが――」

「何です？」

「書斎を訪ねましたところ、御津島先生はいらっしゃらず、代わりにこのメモが――」

安藤が差し出したメモには、プリンターで印刷した文字で『私が戻るまで電話番を頼む』と書かれていた。

「それで書斎で一人、ずっと電話番を？」

獅子川正が訊くと、安藤が「はい」とうなずいた。

「皆さんは一体何を――」

「御津島さんの叫び声を聞きませんでしたか？」

「叫び声？」

「二階から御津島さんの叫び声がしたんです。あれは普通じゃない声でした」

安藤はますます困惑した顔になった。

「書斎には何も聞こえませんでした」

獅子川正が振り返る。

「不可思議ですね。御津島さんは書斎にいなかった。安藤さんに電話番を任せて、どこかに消えたんです」

天童寺琉が顎先に触れながら書斎内を見回した。それから安藤が立っている奥まで歩いていき、鎮座する両袖のプレジデントデスクの裏側を確認した。

「……書斎も無人です。御津島さんが陰で倒れていたりもしません」

林原凛が戸惑いがちに言った。

「御津島さんの消失――」

「どういうことなんでしょう」山伏は誰にともなく言った。「そんなことがあります？」

「邸宅内はくまなく確認しましたよね？」

天童寺琉が指折り確認していく。

「マスターベッドルーム、シアタールーム、二階トイレ、ゲストルーム、一階トイレ、パウダールーム、浴室、ランドリー、書斎――。各部屋を確認しました。人を隠せそうなスペースも調べました」

山伏は彼に言った。

「まるで事件のような口ぶりですね」

「事故であるなら、御津島さんがいなくなるはずはありません。転倒したり何らかのアクシデントがあったなら、叫び声を上げた後、助けを求めるはずです。意識があれば」

「なるほど」獅子川正が錦野光一に目を注いだ。「でもそうなると、二階にいたのは――」

「俺を疑ってるんですか？」錦野光一が険しい顔になる。「御津島さんなんて見てませんよ、俺は」

「いえ。錦野さんがどうこうと思っているわけではなく、単なる事実の確認です」

「どうだか」

彼は不快そうに鼻を鳴らした。

御津島磨朱李が叫び声を上げて消えた――。

上から叫び声が聞こえ、すぐ二階へ上がり、各部屋を調べた。しかし、御津島磨朱李の姿はなかった。

「これ！」

突然、獅子川正の声が響き渡った。

顔を向けると、彼は西側の本棚の二段目を指差していた。全員の目が集まる。

「並んでいた御津島さんの著作がごっそり消えています」

言われてみれば、不自然に空きが生まれていた。八十数冊の著作がなぜか消えている。

「どういうことでしょう？」

藍川奈那子が小首を傾げた。

錦野光一が本棚に近づき、棚板を撫でた。

「御津島さんに危害を加えた犯人がいたとして、何らかの目的があって持ち去った――ということでしょうね」

天童寺琉が安藤に目を向けた。

「安藤さんは書斎にいたわけですよね。御津島さんの著作が消えていたことには気づいていましたか？」

安藤が怯えを孕《はら》んだ顔で首を横に振った。

「い、いえ——。全く気づきませんでした」

山伏は口を挟んだ。

「八十冊以上の著作を誰にも気づかれずに持ち出すなんて芸当——可能でしょうか?」

天童寺琉が「難しいでしょうね」と答えた。「リビングダイニングには人がいました。談笑されていたと思いますが、大量の本を段ボールなどに詰めて運び出す人間がいたら、さすがに気づかないはずはないと思います」

「もしかして——」獅子川正が言った。「これ、御津島さんの催しの一環なんじゃないですか?」

「催し?」

「覆面作家、御津島磨朱李。新居お披露目パーティー。吹雪に閉ざされた洋館。集められた招待客——。何かが起きるには格好のシチュエーションです。僕たちを試すため——あるいは楽しませるためにあらかじめ計画されていた催しかもしれません。ミステリー作家としての悪戯心が芽生えたのでは?」

「なるほど」錦野光一が同調した。「そう考えれば筋は通りますね。家主として警報を切れば、安藤さんが書斎へやって来る前に、自分の著作を全て外へ運び出すことは容易です。その後は梯子《はしご》なんかを使って外からバルコニーへ上がって、二階のゲストルームで叫び声を上げて、すぐまた外へ出て、梯子を使って脱出——」

天童寺琉は釈然としない顔をしていた。

「何か異論が？」

「……一つお忘れの現実があると思います。藍川さんがゲストルームで摘まみに手を伸ばし、僕が制止しました。ゲストルームの扉には鍵が掛かっていたんです」

「あっ」

「密室――」錦野光一がつぶやくように言うと、書斎の裏口のドアへ向かった。摘まみを指差す。「こっちも鍵が掛かってますね」

「そうなんです」天童寺琉が言った。「御津島邸は巨大な密室だったんです」

「安藤さんが共犯なら、御津島さんが書斎を出てから鍵を掛けることができますが――」

「はい。ですが、安藤さんに二階のゲストルームの鍵を掛けることはできません。たとえば、安藤さんと錦野さんと御津島さんが結託していたなら、可能です。御津島さんが書斎を出てから安藤さんが内側から鍵を掛け、御津島さんが外から梯子などでバルコニーへ上がってゲストルームに入り、叫び声を上げてから部屋を出る。そして錦野さんが内側から鍵を掛け、何食わぬ顔でマスターベッドルームへ向かう――」

複数人が共犯者――といえば、かの有名な古典ミステリーのタイトルが一番に頭に浮かぶ。

「俺は知らないですよ」

錦野光一が否定すると、安藤が「僕も何もしていません」と答えた。

御津島磨朱李はどこにどうやって消えたのか。

二階で叫び声を上げた後、こっそり御津島邸を出ることは果たして可能だったのか。

藍川奈那子が「録音した叫び声だった可能性はないでしょうか」と訊いた。

答えたのは獅子川正だ。

「シンプルかつ古典的なトリックですね。録音された叫び声なら、不自然さを感じたのでは？　あれは生の叫び声としか思えませんでした」

「同感です」錦野光一がうなずいた。「何より、そんな録音された叫び声を一階まで届けるには、相当大きなスピーカーが必要ですよ。そんなもの、見当たらなかったですよね」

藍川奈那子が「それはまあ……」と力なく認めた。

「スピーカーと言えばシアタールームですけど、美々ちゃんが使っていましたし、隣のマスターベッドルームには俺がいました。シアタールームのスピーカーは利用できません」

「そうですね」獅子川正が言った。「大きなスピーカーを使っても、あの短時間で消してしまうことは難しいでしょう」

しばらく会話が途絶えた。

獅子川正が再び「あっ」と声を上げた。彼が本棚の一つを指差していた。

「これ、見てください！　林原さんの本だけ消えています！」

招待作家の著作が並んでいる本棚に数冊分の空きがあり、林原凜の著作だけがなくなっていた。

9

私の著作だけが消えている——？

林原凜は本棚をまじまじと見つめた。ぽっかりと空いたスペースが不吉だった。

なぜ——。

「そして誰もいなくなった……」

背後のつぶやきに振り返ると、山伏だった。

「クリスティーですか？」

尋ねると、彼がうなずいた。

「何となく共通点を感じませんか？」

アガサ・クリスティーの古典的名作『そして誰もいなくなった』では、招待客が殺されるたび、置き物のインディアン人形が消えていく。

まさか——と思う。

御津島磨朱李が異様な——断末魔のような——叫び声を上げ、私邸から忽然《こつぜん》と消えた。彼の著作もごっそり消えていた。そして、次は——。

「山伏さん」錦野光一が咎《とが》めるように言った。「林原さんが不安がりますよ、そんなことを言ったら」

山伏は「あっ」と声を漏らし、恐縮したように答えた。「すみません、ふと連想したもので……」

ミステリー作家、御津島磨朱李の余興のつもりの悪戯なら何事もないだろう。だが、もし違ったら――。

「この中に御津島さんに危害を加えた人間がいるかも……」

凜はそう言って面々の顔を見回した。全員の顔に緊張の色が表れている。

「危害って、さすがにそれは――」

獅子川正が苦笑いしながらかぶりを振った。

凜は踏み込む覚悟を決めた。

「私もこんなこと言いたくないですけど、作家には動機がありますよね……」

錦野光一の右眉がピクッと反応した。

「盗作の告発の話――？」

「……そうです。御津島さんは今夜、誰かのベストセラーの盗作を暴露しようとしていました。私たちとは無関係の作家の作品じゃないか、なんて話も出ましたけど、もし違ったら？　心当たりがある作家が御津島さんを襲ったのかもしれません」

「待ってください」獅子川正が言った。「御津島さんの叫び声は二階から聞こえて、そのとき、僕と藍川さんはリビングダイニングにいました。林原さんはパウダールームです。二階にいたのは錦野さんだけですが――」

「俺が犯人ならそんな状況で犯行に及ぶと思いますか？」錦野光一は不快そうに反論した。

「シアタールームには女の子もいたんですよ。いいですか。御津島さんが消えたのが何らかのトリックによるものなら、衝動的な犯行ではないでしょう。自分一人が容疑者となる状況下で実行するなんて、間抜けもいいところです」

「逆にそう思わせて容疑者から逃れる——という心理トリックの可能性も」

「馬鹿馬鹿しい。言いがかりですよ、そんなの」

「ところで——」天童寺琉の目がきらりと光った——気がした。「僕らが二階へ駆けつけて、御津島さんの叫び声の話をしたとき、錦野さんは反射的に天井を見上げましたね？」

錦野光一の目が一瞬泳いだ。

「……何の話です？」

「叫び声のことを訊かれたとき、錦野さんは天井をちらっと見ました」天童寺琉が他の招待客たちを見回した。「気づいた人はいませんか？」

「……僕も見ました」山伏が言った。「錦野さんはたしかに天井に目をやりました。ほんの一瞬でしたけど」

全員の不審な眼差しが注がれた錦野光一は、苛立《いらだ》ちを嚙み殺すように言った。

「反射的に見たかもしれませんけど、それが何なんですか。何かを思い出そうとするとき、意味もなく上のほうを見る癖なんて、誰にでもあるんじゃないですか」

「それはあると思いますよ。しかし、錦野さんの焦点は天井に据えられていました。まるで、そこに何かがあるかのように――。考え事をするために視線を適当に上に向けた感じはしませんでした」

山伏はその光景を思い出しているのか、同調してうなずいた。

天童寺琉が鋭い眼差しで追及する。

「先ほど獅子川さんが『生の叫び声としか思えませんでした』と言ったとき、錦野さんは同意しましたよね。叫び声を聞いていなければ同意できないはずです」

錦野光一は唇を嚙み、頭を掻き毟った。しばらく沈黙が続いたが、やがて諦念交じりの嘆息を漏らした。

「……いや、たしかに叫び声のようなものが聞こえた気はします。でも、気のせいかどうか分からない程度でしたし、間違いだったらいたずらに混乱を招いてもいけないと思って、言わなかっただけです」

「混乱を招くってどういう――？」

「……上から叫び声が聞こえたんです」

全員が「は？」と声を漏らした。彼の言葉の意味が理解できなかった。

「……はっきりした声じゃありませんでしたけど、妙な声が聞こえて、上を見ました。それっきりなので、また読書に戻ったんですが、しばらくして皆さんが血相を変えてやって来て」

藍川奈那子が怪訝な顔で訊いた。

「上から――って、三階ということですか？」

「いや」天童寺琉が答える。「御津島邸は二階建てのはずです。上は屋根裏では？」

「屋根裏――」

天童寺琉が錦野光一に顔を戻した。

「なぜそのことを隠したんですか」

「全員が緊迫した顔で『二階から叫び声が……』なんて言うものだから、言いにくくなってしまったんです。ただそれだけです」

「……なるほど。とりあえず、確認してみたほうがいいですね」

天童寺琉が書斎を出て行くと、全員が後に続いた。二階のマスターベッドルームへ戻る。

「この上から――？」

天童寺琉が天井を指差すと、錦野光一は黙ってうなずいた。

凜は天井を見つめた。

「……屋根裏はどうなっているんでしょうね」

天童寺琉が閉じている点検口を見据えた。

「あそこを開けたら屋根裏を覗けそうですね」

「どうやって上ります？　肩車とか？」

天童寺琉はすぐ横のイギリス風のアンティークデスクを見た。

「これを踏み台代わりに使わせてもらいましょう」

藍川奈那子が顔を顰《しか》めた。

「御津島先生のデスクに乗るのは……」

天童寺琉が真剣な顔つきで彼女を見返した。

「事態が事態ですから、許してくださるでしょう。何事もなければ謝ればよいと思います」

彼はデスクを浮かし、一メートルほど左に移動させた。全員が見守る中、デスクに上って天井の点検口の蓋を押し開けた。百八十センチほどの高身長なので、背伸びをしなくても簡単に手が届く。

屋根裏に手を掛け、伸び上がるようにして上半身を持ち上げた。点検口の中を覗き込む。

「どうですか？」

山伏が訊いた。

天童寺琉は一分ほど経ってからデスクに足を下ろした。ふう、と額の汗を拭い、床に下りる。

「……普通の屋根裏でした。空調のダクトが黒い大蛇のように這い回っているだけで、人の姿はありません」

錦野光一がデスクに手を掛けた。

「何をするんです？」

「俺も見ておこうと思って」

「ダクトだけでしたよ」

「天童寺さんを疑うわけじゃないんですけどね、推理小説の定番のトリックなんですよ」

天童寺琉が首を傾げる。

「たとえば、浴室を覗き込んだ人物が『こっちにも誰もいませんでした』と報告するんですけど、実はその時点で浴槽に被害者が隠されていて、消失したように見せかける――とか」

「なるほど。僕が犯人で、屋根裏に御津島さんを隠しておいて、皆さんに嘘の報告をしているかもしれない、ということですね」

「犯人――とまでは言いませんよ。これが御津島さんの催しや悪戯だとしたら、文芸界と無関係のあなたを共犯者にして、消失トリックを仕掛けているかもしれないでしょう?」

獅子川正が「可能性としてはありますね」と追従した。「名探偵を犯人や共犯者にするのはややアンフェアだと思いますが……」

天童寺琉が苦笑いした。

「現実は小説とは違いますよ。フィクションはフィクション。現実は現実です」

「もちろん理解してますよ。あくまで、今回の〝出来事〟が御津島さんの悪戯である――という前提の話です。御津島さんが仕組んだお遊びなら、探偵役を犯人や共犯者には据えないでしょう。御津島さんは作中でその辺りは徹底されていましたから。もし御津島さんにとって不測の事件だったなら、その限りではありませんが」

「……今のところ、どちらなのか確定できる要素はありません。僕としても不要な疑惑は避けておきたいところです。今後の動きを制限されては不便ですから。どうぞ屋根裏を確認してください」

錦野光一と獅子川正が交互にデスクに上り、屋根裏を確認した。二人とも「異変はありませんでした」と証言した。

不可解さが増した。

「どういうことでしょう」凛は首を捻った。「錦野さんは屋根裏から御津島さんの叫び声を聞いたんですよね？」

錦野光一はムッとしたように顔貌を歪《ゆが》めた。

「嘘をついてると思ってる？」

「いえ……そうは言いません。ただ、屋根裏で襲われたとしたら、御津島さんはなぜ消えているんでしょう？　私たちは叫び声を聞いた後、まずマスターベッドルームに入って、全員で各部屋を確認してから、全員で一階へ戻りました。御津島さんを別の場所に移動させる時間的余裕は誰にもなかったはずです」

天童寺琉が「はい」とうなずいた。「そもそも、屋根裏で御津島さんを襲ったとして、犯人にはリスクが高すぎるのではないでしょうか。逃げ場がありません」

点検口があるのはマスターベッドルームだけだ。他の場所から屋根裏に出入りはできない。

「何より――」天童寺琉が目を細めた。「叫び声の大きさの問題があります」

「大きさ？」

凛は訊き返した。

「僕らは一階で御津島さんの叫び声をわりとはっきり聞いています。だから二階で何かがあったと判断したわけです」

「そうですね。パウダールームにいた私も聞きました」

「しかし、錦野さんの証言は違いました。上から叫び声が聞こえた、と答えました」

「御津島さんが屋根裏で叫び声を上げた後、消えた――ということですよね？」

「普通に考えればそうです。しかし、錦野さんの証言によると、そこまではっきりと叫び声を聞いていないんです」

「言われてみれば――」

「これは矛盾です。屋根裏で一階まで届くほどの叫び声を上げたなら、真下の部屋にいた錦野さんは相当大きな声を聞いているはずなんです」

全員がはっと目を瞠った。

天童寺琉が面々を眺め回した。

「これは一体どういうことでしょう？」

誰もが答えられずにいた。

「……隠し部屋があったりして？」

凜は深い意味もなく、ふと思ったことを口にした。

「隠し部屋はアンフェアでしょう」獅子川正が苦笑いしながら答えた。「いや、現実とフィクションは違う、というツッコミは分かりますよ、もちろん。でも、隠し部屋があるってことは、御津島さんが自宅の設計段階から計画していたってことですよね？　わざわざ隠し部屋を作るってことは、たぶん、消失劇などを演じて、招待客を驚かせたり楽しませたりするためだと思いますが、ミステリー作家の仕掛けるトリックとしてはアンフェアです。そう考えれば、本格推理小説の暗黙のマナーに反する仕掛けはないと考えるべきじゃないでしょうか」

「でも、隠し部屋がトリックになっている名作は数多くありますよね」

凜は国内外の作品名を挙げた。

「ありますね。でも、その場合、冒頭などで、館自体に何らかの仕掛けがあることを明示しておくことが多いですよね。隠し通路や隠し部屋が前提となっているので、読者に対してアンフェアではありません」

「御津島さんも後で隠し部屋の存在を仄めかすつもりだったかもしれませんよ」

「なるほど」錦野光一が口を挟んだ。「隠し部屋の存在を仄めかす前に御津島さんが消えた――。それはつまり、今回の〝事件〟は御津島さんが仕掛けた催しなどではなく、御津島さんを襲った犯人がいる、という事実を表していることになる」

獅子川正が反論した。

「それだと〝犯人〟は御津島邸の隠し部屋の存在をなぜか知っていたことになりますよ」

「……そうですね」

「仮に隠し部屋があるとして、初めて御津島邸にやって来た招待客に知る術《すべ》はなかったと思います。御津島さんが特定の一人にだけ教えたとも思えません」

錦野光一は渋面でうなった。

「皆さん」藍川奈那子が言った。「執事の方に話を伺ったほうがいいのではないでしょうか」

獅子川正がうなずいた。

「そうしましょう。御津島さんに仕えている執事なら御津島邸に詳しいでしょうし」

「皆さんは先に下りてください。私は娘と一緒に。こんな事態になった以上、娘を一人にはしておけませんから」

安藤が手を上げた。

「僕も一緒にいます。一人になるのは危険ですから」

藍川奈那子は「ありがとうございます」と頭を下げた。二人でシアタールームへ入っていく。

凜は他の面々――錦野光一と獅子川正、山伏、天童寺琉と一緒に一階に下りた。老執事はキッチンのアンティーク風のワゴンの前に、困惑顔で突っ立っていた。

「一体何が……」

戸惑う老執事に事情を説明したのは、天童寺琉だった。老執事は眉間に皺を刻み、視線をさ迷わせている。

「――以上の理由から、今起きている事態は御津島さんの催しの一環などではないと思われます。執事として、御津島さんから事前に何か聞いたりしていませんでしたか？」

「それは――」

「何かあるんですね？」

「……会の最中に何かが起きたとしても、慌てず平静に振る舞ってくれ、とは申しつけられておりました」

「そのお話を聞くと、御津島さんが何らかの企みをしていたことは間違いありませんね。しかし、御津島さん自身にも不測の事態が起きてしまった――」

「……申しわけございません。私には分かりかねます」

「本当ですか？　何か隠していませんか。先ほどから動揺されているようにお見受けするのですが」

老執事は言いよどんだ。

「隠し事はなしで、お話しいただけませんか。御津島さんの安否に関わるかもしれません。御津島邸に隠し部屋があるなどの話を聞いたことは？」

老執事はためらいがちに口を開いた。

「実は私は雇われたばかりでして……」

凜は「え？」と声を上げた。「御津島さんにずっと仕えている執事の方では？」

「……違います。私は執事《バトラー》を派遣している会社に所属しておりまして、一昨日、御津島様に契約していただき、初めて顔合わせをいたしました。私邸内を案内していただき、招待客に洋館の雰囲気を楽しんでもらうための協力をお願いされ、私は長年の執事であるような演技をしていい、い、い、いおりました」

執事は雰囲気作りのための演出だった――。

驚きの真実だった。

だが、冷静に考えてみれば、実際に執事を雇い続けるには相当な費用が必要だろう。非現実的だ。御津島邸の雰囲気に呑まれ、執事という存在を自然と受け入れていた。

天童寺琉が改めて確認した。

「では、御津島邸については僕らと同程度の知識しかない――ということですか？」

「……申しわけございません。派遣されたばかりですので。御津島邸のことは、皆さんをおもてなしするのに不自由しない程度にしか、知らされておりません」

招待客たちが知らない情報を知っていると思っていたが、当てが外れてしまった。

しばらくすると、藍川奈那子が娘の美々と一緒に下りてきた。後ろには安藤の姿もあった。シアタールームのアニメ映画に夢中だった娘を納得させるのは大変だっただろう。

彼女は不自然な場の空気を感じ取ったらしく、「どうしたんですか？」と尋ねた。

錦野光一が事情を説明すると、老執事が「申しわけございません」と改めて謝罪した。

凜が「どうします？」と訊いた。「家主がいなくなりましたけど。通報とか……」

獅子川正が「うーん……」とうなった。「通報は早まりすぎではないでしょうか」

「でも、ただ事ではありませんし……」

「これが御津島さんの催しだったら、大変なご迷惑をおかけしてしまいます。内輪のお遊びがラインを超えて警察沙汰に――なんて、SNSで大炎上ですよ。最近そういう風潮、強いじゃないですか。迷惑YouTuberのような扱いをされかねません」

「それはそうですけど……」

「遺体が見つかっていない以上、事件性はありません。この段階で軽率な行動は控えたほうがいいと思います。御津島さんの新居お披露目の大事な日に泥は塗れません。どう思います？」

獅子川正は他の面々を見回した。

「俺は賛成――ですかね」錦野光一が答えた。「警察とか、そういう大事《おおごと》は、事件だと確信できてからにするべきです」

藍川奈那子が「私もそう思います」と答えた。「こんな貴重な場にせっかく私たちを招待してくださったのに、ご迷惑をかけてしまったら……」

「どのみち、この吹雪では警察も来られませんよ」

「何より――」獅子川正が表情を引き締めた。「これが事件なら、僕らの中に犯人がいる――という話にもなってきますし、それはさすがに考えにくいのでは？　しばらく様子を見ましょう」

三人の言うとおりかもしれない。勝手な判断で大事にしてしまって、後から催しだと分かったら――。青山賞の選考前に御津島に嫌われる事態は避けなければいけない。

皆がそれぞれ自由に過ごしはじめた。

山伏は「スマホがないと不便ですね。少し探してみます」とつぶやき、書斎のほうに姿を消した。

「俺もちょっと探してきます」

錦野光一は二階へ――。

御津島がいない今、スマートフォンも無事に返ってくるのか心配になる。

漫然と時が経過していく。

気密性が高い邸宅とはいえ、さすがに吹雪の轟音《ごうおん》が聞こえてくる。外を確認せずとも、天候がかなり悪化していることが分かる。

気がつくと、窓ガラスは闇の色に染まっていた。冬の午後六時はもう暗く、室内で灯されたＬＥＤ電球のオレンジ色の明かりが洋館の雰囲気を強めている。

「皆様、夕食のご用意ができました」

老執事がダイニングテーブルに食事を並べていた。派遣された執事だと知られてしまっても、職務はちゃんとこなしてくれるらしく、招待客としては大助かりだ。

凜は昼間と同じ席に腰を下ろした。隣に座ってきたのは、錦野光一だ。

相手が先に座るのを待ってから座ればよかったと思ったが、後の祭りだった。

「結局、御津島さんは姿を見せなかったね」

凜は「そうですね……」と素っ気なく応じた。こちらにはその気がないのに、一方的に距離を詰めてくる。

全員で席につき、夕食を摂った。小さな美々はクッションを利用して座った。皆の口は重く、会話は弾まなかった。

凜は料理にフォークをつけようとして躊躇した。

「食べないの？」

隣の錦野光一が怪訝そうに訊いた。彼は美味しそうにローストビーフを口に運んでいる。

凛はオニオンスープをじっと見つめた。

「もしかして、御津島さんのジョークを気にしていたり――?」

『本格推理小説の世界なら、このタイミングで招待客の一人が毒殺される――という感じかな』

御津島磨朱李の台詞が脳裏に蘇る。

『まあ、昼食時に事件は起きないものだよ。洋館での毒殺事件は晩餐会と相場が決まっている』

「作ってもらった料理を疑っているわけではないんです。でも、少し――」

クリスティーの『そして誰もいなくなった』では、青年のアンソニー・ジェームズ・マーストンは、飲み物に混入されていた毒物で死亡する。

作中でインディアン人形が消えたことを模するように、自分の著作が消えていたことが気になる。次に狙われるのは自分なのか、それとも深い意味などないのか――。

凛は息を吐くと、スープに口をつけた。

他の面々と違って、錦野光一は食事のあいだじゅう、話しかけてきた。

凛は他愛もない内容に相槌を打ちながら食事をした。

一時間弱で、夕食は何事もなく終わった。

藍川奈那子が「寝る場所はどうしましょう?」と訊いた。

全員が彼女に顔を向けた。答えたのは山伏だった。

「御津島さんがおっしゃっていたように、藍川さんは娘さんとゲストルームで、林原さんはマスターベッドルームで、お休みになられたらいいと思います。男性陣は――適当に」

男性たちが同意してうなずいた。

「そう言ってもらえると……」

凜は感謝し、軽く会釈した。

ゲストルームとマスターベッドルーム以外にベッドはなく、眠れるスペースは限られている。寝ころべるのは、シアタールームの三人掛けソファか、リビングルームの二人掛けソファ――膝を曲げて、肘掛け部分を枕にすれば何とか寝られる――だけだ。明らかに足りていない。

錦野光一が「俺はリビングのソファを使ってもいいですか」と訊いた。

山伏が「もちろんです」と答える。「では、残った者はシアタールームを使いましょうか」

「そうですね」天童寺琉が言った。「シアターなら絨毯なので、雑魚寝《ざこね》できますね」

獅子川正が安藤に話しかけた。

「僕は夜型で、ショートスリーパーなので、よければ書斎で小説談義でも」

「はい」安藤が二つ返事で答えた。「僕でよければお付き合いします。担当編集者に代わって何なりと」

「せっかくの機会ですしね。眠くなったら僕らもシアターを借りましょう」

「あっ、執事さんはどうされます？」

安藤が訊くと、老執事が答えた。

「私は――ランドリーを利用させていただきます」

「あそこは狭すぎて横になれないでしょう？」

「パウダールームのドアを開けたままなら足は伸ばせますし、クッションも置かれていました。立場上、お客様と寝床を同じくするのははばかられます」

「……そうですか。分かりました」

話が纏まると、それぞれが各部屋に散らばった。凛はマスターベッドルームに入ると、ノブの横のでっぱりを押して内側から鍵を掛けた。

一人きりになったとたん、安堵と不安が入り混じった複雑な感情が押し寄せてきた。

ダブルのドアの向こう側はシアタールームで、山伏と天童寺琉の二人がいる。

耳を澄ますと、ドアの下の隙間から話し声が漏れ聞こえてきた。山伏が御津島磨朱李消失の話題を出したらしく、そのような単語が忍び込んできた。

凛はドアを離れ、ベッドに腰を下ろした。宿泊の予定はなかったので、パジャマなどの着替えはない。適当に本棚の本を手に取る。

本を読んでしばらくすると、ノックの音がした。

凛は警戒しながらドアに近づき、「誰ですか」と尋ねた。

「私です」

返ってきたのは藍川奈那子の声だった。

凛はほっと胸を撫で下ろすと、ノブを回した。いちいち解錠する必要がない。内側からノブを回せば鍵が開く構造になっている。

「どうかしたんですか」

訊くと、藍川奈那子が控えめに尋ねた。

「部屋、替わりましょうか？」

凛は小首を傾げた。

「美々は小さいからこっちのベッドでも充分二人で寝られますし」

ゲストルームのベッドはクイーンサイズだった。大人二人がゆとりを持って眠れる。

「どうしてですか？　ゲストルーム、不便でした？」

「全然。むしろ、至れり尽くせりで――。だから、です」

「それはどういう――」

「ドレッサーもありますし、化粧を落としたりするなら、ゲストルームのほうが便利だと思ったんです。私はほとんど化粧してませんし、こっちでも全然構いませんから」

そういうことか。正直、化粧のことは少し気になっていた。すっぴんのまま、パウダールームがある一階と二階のベッドルームを往復することに抵抗があった。途中で誰かと鉢合わせしたくない。

「ありがとうございます。藍川さんがよければ――」

彼女は笑顔で「はい」と答えた。

凛は藍川奈那子と部屋を交換し、ゲストルームに入った。ベッドの脇――部屋の片隅に小型の冷蔵庫がある。円形のコーヒーテーブルには、ヨーロッパ風のカップが置いてある。

ベッドの横には洗面化粧台があり、その横にロココ調のドレッサーがあった。

凜はスツールに腰掛け、ドレッサーの大型ミラーに向き合って化粧を落とした。

未開封の歯ブラシが差してあったので——ホテルのアメニティさながらだ——使わせてもらう。

寝る前にドアの鍵を確認してから電気を消し、ベッドに横になった。

日ごろから不眠症気味で、常用している睡眠薬はバッグの中にある。だが、この不穏な状況下で服用する気にはならなかった。あまりに無防備な気がする。

そのせいで睡魔はなかなか訪れなかった。

10

安藤友樹はソファに座ったまま天井を見上げ、重い嘆息を漏らした。

——安藤君には共犯者になってほしくてね。

一週間前、御津島磨朱李からメールで言われた言葉が脳裏に蘇る。

共犯者——。

不吉な響きを帯びる単語だ。とはいえ、担当編集者に実際の犯罪の協力を求めたりはしないだろう。ミステリー作家としてユーモアを忘れない御津島磨朱李のことだ。何かしらの悪戯心でも芽生え、企みが閃いたのかもしれない。

メールで真意を尋ねたときは、一言、『それは時期が来たら明かすよ』と返信が来た。

仁徳社の担当編集者としては、重要な稼ぎ頭である御津島磨朱李の頼みとなれば、どんな話でも二つ返事で応じるつもりだ。

だが——。

一体何の共犯者になればいいのか。何かを手伝えということなのか。時期とはいつなのか。

結局、何も分からないまま今に至ってしまった。

共犯者が何を意味しているのか、ヒントすら教えてもらっていない。

御津島先生、あなたは一体何を考えておられるのですか——。

御津島磨朱李の担当編集者になったのは、二年と少し前だ。鮮やかな論理《ロジック》に魅了され、文芸の編集者としていつかは原稿をいただきたい、と夢見ていた。他社の担当編集者に頼み込んで取り次いでもらい、晴れて担当することができた。

『次の作品は私の勝負作でね。企みに満ちたアイデアで、作家としての集大成になるだろう』

一年前、御津島磨朱李はメールでそう言った。どのような作品か尋ねたものの、『今はまだ教えられない。第一稿を執筆したら原稿を送るよ』と返信が来た。

進捗状況だけは定期的に報告メールを受けていたが、約束の期日になっても原稿は届かなかった。

御津島磨朱李の頼み事——安藤君には共犯者になってほしくてね——が何だったのかも気に

なるが、今は……。

腕時計で時刻を確認したとき、控えめなノックの音があり、訪問者が現れた。

「そろそろ結論を聞かせてください」

相手は感情を抑えた声でそう切り出した。

安藤は眉を顰めた。

「御津島さんの代わりに、あい、あの作品が盗作であると暴露してもいいんですよ……？」

11

錦野光一はリビングのソファで目覚めた。真っ暗闇の中、アンティークのキャビネットに置かれている四灯の真鍮製ランプのスイッチを入れた。

仄明かりが薄ぼんやりと室内を照らし出した。南の窓際に歩み寄り、カーテンを引き開けた。吹雪は白い帯となって窓ガラスに叩きつけている。

二度寝しようと思ったものの、一度目が覚めたらもう眠気はなく、意識ははっきりしていた。

錦野はトイレに入ると、マホガニー色の縁に囲まれた大型ミラーを眺め、髪形を整えた。寝癖を直し、右や左から映してみる。

悪くないな――。

満足し、トイレを出た。アンティークキャビネットやチェストの中を見たりしながら、時間を潰した。

やがて皆が順番に起きてきた。

錦野は他の面々を眺め回しながら言った。

「とりあえず、全員が無事に朝を迎えましたね。一人起きてこない招待客がいて――みたいな展開にならず、ほっとしています」

早朝で元気がないのか、誰もが苦笑で応えた。林原凜が「不謹慎ですよ」と咎める。

錦野は肩をすくめてみせた。

藍川奈那子が、まぶたをこする娘の背を撫でつつ、口を開いた。

「丸一日経っても御津島先生はいらっしゃらないままです。さすがに心配ですね。いつまで様子を見ればいいんでしょう」

全員が顔を見合わせた。互いの顔色を読んでいるような沈黙が何秒か続く。

獅子川正が口を開いた。

「そろそろ本格的に家捜しする必要があるかもしれませんね。催しなら御津島さんは発見を待っているでしょうし。朝食後に全員でまた調べましょう」

話し合いが終わると、老執事が用意した朝食を全員で摂った。食後は散開して御津島邸を調査した。

御津島本人やスマートフォンの捜索は他の者に任せよう。自分は――。

錦野はキッチンの前にいる林原凜に近づき、声をかけた。

「マスターベッドルーム、調べてもいいかな？」

盗作作品を知る手がかりがマスターベッドルームに隠されているなら、他の誰かに見つけられる前に入手したい。誰かがトイレの下の隙間からメモを差し入れたことには、何か意味があるはずだ。

彼女は首を捻った。

「どうして私に訊くんですか」

「林原さんの部屋だろう？　私物が置いてあったら、許可なく調べるわけにはいかないしね」

「あー」彼女は納得したようにうなずいた。「それなら私じゃなく、藍川さんに訊いてください」

「藍川さんに？」

「昨日、部屋を交換したんです。ドレッサーがある部屋のほうがいいんじゃないか、って気遣ってくれて」

「なるほど。そうだったんだね」

錦野は、リビングの奥の二人掛けソファに娘と腰掛けている藍川奈那子に話しかけた。彼女は「私物は置いてないので大丈夫です」と答えてくれた。

「ありがとう」

錦野は二階へ上がると、改めてマスターベッドルームを調べた。アンティークデスクの引き出しを開け、ダベンポートデスクの傾斜蓋を開け、本棚の書籍を一冊一冊確認した。ベッドのシーツをめくり上げ、下も覗き込んだ。

やはり、何度探しても盗作疑惑に繋がるような〝何か〟は見つからなかった。

トイレに差し入れられたメモは一体何だったのか。

もしかして、メモの目的は炙り出しだったのか？

全員にメモで仄めかし、行動を起こした者を盗作作家として特定する——。

たとえば、一人にはマスターベッドルーム、別の一人にはパウダールーム、別の一人にはゲストルームに手がかりがある——という具合に仄めかし、誰が動き出すか観察していたとか。

だが、そんなことをして何の意味がある？　御津島磨朱李が消えた後なら、そのような手段で盗作作家を特定する理由も、まあ、分からなくもない。御津島磨朱李の消失が事件であれば、盗作作家は彼の口を封じたい容疑者になるのだから。

しかし、メモは御津島磨朱李が消える前に差し入れられた。夜まで待てば疑惑の作品名は暴露されたのだ。その前に盗作作家を特定したとして何の意味があるのか。

御津島磨朱李が暴露できない状況に陥ると知っていた者の仕業だとしたら——。

そこまで考えたとき、ふと思い至った。

メモは盗作作家を特定するためではなく、御津島磨朱李を襲った容疑者を作り出すための罠だったのではないか。

御津島磨朱李の叫び声がしたとき、自分は一人、ここ——マスターベッドルームにいた。後ろめたい行動だったから、当然、一人きりで動いていた。そのせいでアリバイがなく、他の面々に疑惑の目を向けられた。

〝犯人〟の目的がそれだったとしたら――。

まんまと嵌《は》められてしまった。

錦野は舌打ちすると、マスターベッドルームを出て一階へ下りた。ソファに座っている者、ダイニングチェアに座っている者、意味もなく歩き回っている者――。様々だったが、誰の表情も暗く、口数は少なかった。

ベルベットのスツールに腰掛けていた獅子川正が「何か分かりました？」と訊いてきた。

「残念ながら何も」

「そうですか……」

謎のメモの存在を明かしたほうがいいのかどうか、正直、判断しかねた。

メモの内容を信じてマスターベッドルームを探っていたと知れたら、盗作作家のそしりを受けるかもしれない。

今はまだそのときではないだろう。

錦野は全員を眺め回した。

メモが単独行動をさせるための罠だったとしたら、逆にアリバイがある人物が怪しくなる。遠隔で御津島磨朱李に叫び声を上げさせた犯人なら、そのタイミングで単独行動はしていないだろう。必ず二人以上で行動しているはずだ。

全員の証言を纏めると、林原凜は一人でパウダールームにいた。担当編集者の安藤は一人で書斎にいた。御津島磨朱李から電話番を任されたという。

藍川奈那子はリビングでハーブティーを飲んでいた。獅子川正と山伏もリビング。老執事はキッチン。名探偵の天童寺琉はサーキュラー階段下のスペースで読書――。

アリバイがあるのは五人か。御津島磨朱李が襲われたのだとしたら、その中に犯人がいるのか？

錦野はふう、と嘆息した。

林原凜がつぶやくように言った。

「結局、私たちはこの状況をどう考えればいいんでしょう」

錦野は彼女に顔を向けた。

「これが御津島さんの悪戯や催しだとしたら、何らかのアクションがあるはず――。一日が経っても招待客を放置したままなんてことはしないと思う」

「イベント開始を告げる何か――ですよね。メッセージが書かれたメモとか、そういう」

「ああ」

「……考えたくないですけど、これは悪戯や催しじゃなく、御津島さんに不測の事態が起きた可能性が高まりましたね」

「林原さんの著作が消えていたのも不気味だしね」

彼女の顔に翳《かげ》りが差した。不安げな瞳が可愛くて、つい距離を詰めたくなる。

「俺が守るよ」

錦野は彼女の目を真っすぐ見つめた。しかし林原凜は苦笑を浮かべただけだった。反応の薄さに不満を感じる。もっと頼もしく思って感謝を態度に出してくれてもいいのではないか。

リビング内をうろついていた天童寺琉が足を止め、スツールに座っている安藤に話しかけた。

「そういえば、御津島さんが叫び声を上げたとき、安藤さんは書斎で電話番をしていましたよね」

安藤は慎重な口ぶりで、「はい……」と答えた。質問の真意を探るかのように——。

他の面々の眼差しが二人に注がれている。

「御津島さんの声は聞こえなかった——という話でしたけど、確かですか?」

「それが何か——?」

「いえね、ゲストルームは書斎の真上にあります。もし御津島さんがゲストルームで叫び声を上げたのなら、リビングやホールにいた僕らより、書斎の安藤さんのほうがはっきりと声を聞いているのではないかと思いまして」

彼の疑問の意味を理解した。

「なるほど……」山伏が口を挟んだ。「二階のゲストルームは犯行現場ではない可能性が出てきたわけですね。ますます謎が増しました」

安藤は困惑を滲ませた顔で答えた。

「実は——僕はちょうど出版社からの電話を受けていまして、それで聞こえなかったのかもしれません」

「電話ですか？」天童寺琉が訊き返した。

「はい。御津島先生に電話番を任されましたから。電話が鳴ったので、取りました」

山伏が藍川奈那子と顔を見合わせた。

「電話なんて鳴りましたっけ？」

天童寺琉は顎を撫でながら、ダイニングの壁際に据えられたゴールドのコンソールに近づいた。大理石の天板に置かれた花瓶の横に、固定型の電話機がある。

彼は腰をかがめ、コンソールの脚のあいだを覗き込んだ。

「皆さん、見てください」

コンソールの前に集まり、下部を覗いた。電話のモジュラーケーブルが抜けている。

山伏が怪訝そうに言った。

「〝クローズド・サークル〟だと、電話線の切断は外部との連絡手段の遮断として定番ですけど……これは抜かれているだけですよね？　一体何の意味が……」

「分かりません。分かっているのは、いつの間にかダイニングの電話線が抜かれていた事実だけです。だから書斎で電話が鳴ってもダイニングでは鳴らなかったんですね」

犯人《ヽヽ》は一時的に電話を使用できないようにしていたのか？　山伏の疑問はもっともで、そんなことをして一体何の意味があったのか。

トイレに差し込まれたメモ、消えた林原凜の著作、抜かれていたモジュラーケーブル――。

それらは御津島磨朱李の消失と関係があるのか、ないのか。

謎だけが深まっていく。

天童寺琉はモジュラーケーブルを差し込んだ。

「使えるかどうか念のため確認を――」

彼が番号をプッシュし、受話器を耳に当てる。

「……天気予報のサービスです。あっ、ちゃんと通じました」

受話器を電話機に戻した。

「とりあえず、いざというときは通報できます」

山伏がダイニングチェアから腰を上げた。

「ちょっとトイレへ」

彼は独り言のように言って、トイレへ入った。

錦野は再び林原凛に話しかけようとした。トイレのドアが開く音がした。

山伏が当惑した顔で出てきた。トイレに入ってから十秒も経っていない。

「あのう……」

山伏は戸惑いがちに口を開いた。

「どうしました?」

天童寺琉が尋ねた。

山伏は少し言いよどんでから、トイレのドアを一瞥した。

「鍵が――」

「鍵？」

「……はい。鍵がなくなっているんです」

錦野は思わず「は？」と声を漏らした。

山伏は指先でボタンを押すようなジェスチャーをした。

「内側から押して鍵を掛けるやつが――ないんですよ」

全員でトイレの前に移動した。天童寺琉がドアを限界まで引き開けた。ドアの内側が見えるようになる。

錦野はノブに顔を近づけた。

ノブの横にあったでっぱりが消えていた。

押し込めば鍵が掛かり、外側からノブが回らなくなるのだ。

天童寺琉はでっぱりが消えた穴をまじまじと眺めた。

「たぶん、取り付け方がネジ式になってるんでしょうね。だから摘まんで回せば簡単に取れるんです」

「でも、なぜ――」林原凜が小首を傾げた。「トイレの鍵を抜き取って何の意味があるんでしょう？」

「……分かりません」

彼は思案するようにうなった。しばらく沈黙を続けた後、振り返った。

「他の部屋も確認してみましょう」

藍川奈那子が「え？」と反応した。

「トイレだけ鍵を外してしまう理由が思い当たりません。それなら、念のため――と思いまして」

全員で廊下にあるパウダールームへ移動した。ドアを引き開け、ノブの脇を調べる。

鍵のでっぱりは――抜き取られていた。

全員で顔を見合わせた。

「パウダールームまで……」

林原凜が困惑顔でつぶやいた。

「ということは――」

天童寺琉が難問に遭遇したような顔で書斎へ歩いていく。

ドアを押し開け、全員で書斎に入った。内側から確認すると、大方の予想どおり、鍵のでっぱりは抜かれていた。二階に上がってトイレもマスターベッドルームもゲストルームも調べた。同じく鍵は消えていた。

一階に戻ると、林原凜が不安そうに訊いた。

「一体誰がこんなことを――」

天童寺琉が苦悩の顔で答えた。

「朝から全員が自由に行動していました。各部屋の鍵を摘まんでくるくると回して外す程度、誰にでも簡単にできたと思われます」

「何のために鍵を――」

「簡単だよ」錦野は答えた。「犯人は――御津島さんに危害を加えた犯人がいるとしてだけど、まだ終わらせるつもりがないんだ」

全員がぎょっとした顔をした。

林原凜の表情に落ちた不安の影が色濃くなった気がする。

「……どういう意味ですか？」

「シアタールームの後ろ側のドアは元からロックがないし、これで全ての部屋は誰でも出入り自由だ。本格推理の定番、〝襲われることを恐れて部屋に鍵を掛けて閉じこもる〟――ができなくなったわけだ」

「安全の確保ができなくなった――ってことですね？」

錦野は彼女の肩を軽くぽんと叩いた。

「大丈夫だよ、俺と一緒なら」

彼女は先ほどと同じく苦笑を返してきただけだった。

錦野は内心でため息を漏らした。

獅子川正がヴィクトリアン調ソファに腰を落とした。

「まあ、でも、本格推理小説の定番――という意味では、恐慌に陥って一人で部屋に閉じこもった人間が次の犠牲者になりがちなので、逆に考えれば、そういう展開の心配はなくなった、とも言えます」

藍川奈那子が眉間に縦皺を刻みながら言った。

「でも、鍵が掛からないのはやっぱり不安です。全員で一部屋に集まって夜を明かすのも、ちょっとあれですし……」

猛吹雪は一向に弱まる気配がなく、まだ二、三日は滞在を余儀なくされそうだ。

「ところで――」天童寺琉が口を開いた。「鍵の件とは別に個人的に気になっていることがあります」

全員が彼に目を向けた。

天童寺琉はもったいぶるように――あるいは沈黙の効果で注目を集めるように一呼吸置いてから言った。

「御津島さんは覆面作家だったんですよね。僕たちの前に現れた御津島磨朱李は果たして本物だったんでしょうか？」

12

藍川奈那子は呆れてかぶりを振った。

「御津島先生が本物なのかどうかって――おっしゃっている意味が理解できません」

数人が無言でうなずく。一体何を言っているのか――という目を天童寺琉に向けていた。

「私たちは御津島先生にご招待いただいて、ここに集まったんですよ？」

天童寺琉は動じた様子もなく、面々の顔を見回した。

「今回の対面まで、覆面作家である御津島磨朱李の顔を見た人間はおろか、声を聞いた人間もいません。少なくともこの場には」

「それはそうですけど、いくらなんでもその疑いは御津島先生に失礼すぎます」

「実は少し引っかかることがありまして」

「何ですか」

唐突な話に不快感を覚えていたから、詰問口調になった。憧れの御津島先生の素性を疑うなんて――。

天童寺琉は落ち着き払った口ぶりで答えた。

「昨日、僕が獅子川さんと一緒にここへやって来たときのことを思い出してみてください。編集者の安藤さんが獅子川さんの『長野の流星群』の話をしましたよね」

――僕からも感謝します。弊社から刊行した獅子川さんの『長野の流星群』では、山伏さんに誌面で取り上げていただきました。

「はい……」奈那子は慎重にうなずいた。「それが何か？」

「それに対して御津島さんが安藤さんに何と言ったか、覚えていますか？」

――編集者としても、自分の担当作が取り上げられると嬉しいものだね。

「変な話はされていなかったと思いますが」

そのときの会話が蘇ってくる。

――獅子川さんの担当は僕ではありませんよ。

――ああ、そうだったか。すまんすまん、前にそう聞いた気がして勘違いしていた。別の作家と間違えていたかもしれん。

――いえいえ。

――ボケるような年齢でもないんだがね。

――僕もうっかりはしょっちゅうです。御津島先生にご迷惑をおかけしていなければいいんですが。

――迷惑をかけられたことはないよ。いつも感謝している。

「御津島さんは勘違いだったと苦笑いして、話は終わりました」

「もちろん、言葉どおり、うっかりだったかもしれません。しかし、単なる勘違いだったにしては、御津島さんの反応は過剰だったように感じないでしょうか。わざわざ『ボケるような年齢でもないんだがね』と付け加えました。どことなく作為的な――迂闊《うかつ》なミスを誤魔化《ごまか》すようなわざとらしさを感じませんか？」

奈那子は眉を寄せた。天童寺琉の話を否定できるだけの根拠は示せない。

編集者が他の担当作家の話題を口にすることは日常茶飯事だ。担当している誰々さんがこんなことをおっしゃっていました――という程度の話はよく聞かされる。もちろん、担当作家のデリケートな話題をぺらぺら吹聴することはなく、それぞれライン《ヽヽヽ》は見極めていると思う。

自分自身は、どの社の担当編集者が他に誰を受け持っているか、一度聞いたらしっかり覚えている。しかし、誰にでも思い違いや記憶の混同は起こり得るはずで、その可能性自体は誰にも否定できない。

錦野光一が苦笑いを浮かべた。

「推理小説じゃ、覆面作家なんていの一番に正体を疑うべき対象ですけどね……。でも、現実に大先輩を疑うなんて、さすがに非礼すぎて」

「まだそうと決まったわけじゃありませんよ」奈那子は口を挟んだ。「いくらなんでも偽者なんて――」

「しかし、急に怪しさを帯びたのは事実です。御津島さんはデビューからずっと正体を隠してきた覆面作家ですよ。長年謎にしてきた正体を明かすイベントを催すとしても、それは俺たちみたいな中堅の若手作家たち相手ではないのでは？」

「じゃあ、あの御津島先生は一体誰だっていうんですか」

「それは分からないですよ。小説の定番の展開なら、本物はすでに殺害されていて、犯人がなりすました――」

「不謹慎なことを言わないでください」

錦野光一は肩をすくめた。

「まあ、それはさすがに妄想がすぎるかもしれませんけど、天童寺さんの疑念を聞いて、ふと思い出した不審なことがあるんです」

「……何ですか」

「御津島さんは昨日、ダイニングで電話に出ましたよね。タクシー会社から、とのことでした」

「それは覚えてます。吹雪が落ち着き次第、迎えに伺います、という電話でしたよね」

「御津島さんによると、そうらしいですね」

「御津島先生が嘘をおっしゃった——とでも？」

錦野光一が緊張を抜くように息を吐いてから言った。

「実は俺、見ちゃったんですよね。御津島さん、受話器を取り上げた後、一瞬だけフックに戻して、話しているふりをしたんです」

誰もが言葉をなくしていた。

最初に口を開いたのは天童寺琉だった。

「御津島さんは電話を切ったんですか？」

「周りの人は誰も御津島さんを見ていなかったので、気づいたのは俺だけだと思いますね。御津島さんは一度、受話器を置いたんです」

「タクシー会社との会話は作り物だった——。もしそうだとしたら、迎えの話は存在しないことになります。吹雪がやんでもタクシーが来てくれないということです」

林原凜と山伏が困惑した顔を見合わせた。

「錦野さん」天童寺琉が言った。「あなたはどうしてその話をずっと隠していたんですか」

錦野光一は顰めっ面を作った。

「……人聞きの悪いこと言いますね、天童寺さん。別に隠していたわけじゃないですよ。あまりに素早くて自然な動作だったので、俺の見間違いだった気がしたんです。でも御津島さんに偽者疑惑が出てきたことで、記憶が蘇ったんです。思い返してみれば不審な挙動だったわけですから」

言いわけじみている気がした。

奈那子は錦野光一の顔をじっと見つめた。

電話の話が事実だとしたら、今の今まで黙っていた彼にも不審を感じる。だが、彼に何かしらの思惑があったなら、このタイミングで正直に告白しないだろう。黙ったままでもよかったはずだ。

本当にうっかり忘れていただけなのだろうか。

天童寺琉は人差し指で頬を掻いている。

山伏が悩ましげな表情で言った。

「錦野さんのお話を信じるなら、御津島磨朱李偽者疑惑に信憑性が生まれますね。唐突すぎてこれをどう判断していいのか、正直、決めかねますが」

個人的には信じたくない気持ちがある。御津島磨朱李と悲願の初対面を果たし、大喜びしたのに――。

山伏が振り返り、老執事に訊いた。

「執事《バトラー》サービスを依頼してきたのは、昨日のあの御津島さんでしたか？」

老執事は困惑顔で答えた。

「依頼は派遣会社を通してのメールでしたので……」

山伏は嘆息交じりにかぶりを振った。他の面々を見やり、「どう思います？」と訊いた。

錦野光一が眉間を掻きながら答える。

「どうと言われても――疑惑は疑惑ですし、それを確定するだけの情報は俺らにはありません」

天童寺琉が人差し指を立てた。

「問題を整理してみましょう。まずは覆面作家、御津島磨朱李は本人だったのか、偽者だったのか。偽者だとしたら疑問がいくつか生まれます。その一。いつから入れ替わっていたのか。その二。本物の御津島磨朱李はどうなっているのか。その三。偽者が御津島磨朱李になりすました理由は何なのか。その四。偽者の御津島磨朱李はなぜ叫び声を上げて消えたのか。それは偽者にとって想定内だったのか想定外だったのか」

林原凜が口を開いた。

「御津島さんが偽者で、その偽者が執事を雇ったとしたら、この新居お披露目会の招待状を出したのも御津島さん本人ではなかった――ということになりますよ」

「それはまだ断言できませんよ」獅子川正が反論した。「御津島さんが招待状を出した後、偽者がなりすまして執事を雇ったかもしれません」

「そうだとして目的は何でしょう」

林原凜の疑問に答えたのは錦野光一だった。

「俺らに何かを仕掛けるつもりだろうね」

「つもりだった、じゃなく、現在進行形なんですか？」

「ん？」

「御津島さんは何者かに襲われた可能性がありますよね」

「……もちろんあると思うよ。でも、御津島さんが偽者で、かつ招待状を出した主なら、考え方は変わってくる。覆面作家になりすますなんて、突発的な行動じゃ、無理だよ。綿密に計画を練らなきゃ。だろう？」

「そうですね」

「犯人は――便宜上、犯人って呼ぶけど――綿密に準備していたはずだ。どんな目的があるにしろ。そんな犯人が易々と〝被害者〟になるとは思えないね」

「つまり、御津島さんの消失も〝計画〟のうちだった――と？」

「俺はそう推理するね」

御津島磨朱李が叫び声を上げて館から忽然と消えた。彼の著作が全て本棚から消えていた。同じように林原凜の著作も消えていた。『そして誰もいなくなった』を模しているかのように。

全て偽者の計画だとしたら、彼の言うとおり、まだ何かが起こるのかもしれない。そしてその標的は――。

奈那子は林原凜の横顔をじっと見つめた。

彼女の表情には不安の翳りがある。

「でも――」獅子川正が口を開いた。「現段階で考えすぎても仕方ありません。必要以上に不安を抱くことは逆効果です。落ち着いて吹雪がやむのを待つことにしましょう」

山伏が訊いた。

「タクシーはどうします？」

「タクシー？」

「御津島さんが電話でやり取りしていなかったとしたら、何とかしないといけません。でも、私たちはあのタクシー会社の電話番号を知りません。一体どうしたらいいのか――」

獅子川正は喉元を撫でながら思案げに首を捻った。しばらく考えてから答える。

「固定電話を使って知り合いに電話して、タクシー会社に連絡してもらうことは可能かもしれません。スマホやパソコンが使える人間ならタクシー会社の連絡先も分かるでしょう」

「なるほど、それは名案ですね」

「じゃあ、僕が電話をお借りして――」

獅子川正はゴールドに輝くロココ調のコンソールに近づき、固定電話の受話器を取り上げた。

プッシュ式のボタンを押し、誰かに電話を掛けた。

「――そう。だから困ってる。自分たちのスマホは全員、御津島さんに預けちゃって、まだ見つからない。タクシー会社の連絡先を調べて、僕らのことを伝えてくれ。吹雪がやんだら迎えに来てほしい」

彼は何度か相槌を打ってから電話を切った。

山伏がふうと息を吐いた。

「これでとりあえずは安心ですね。吹雪さえやんでくれたら帰れます」

「……まだ謎が残ってますし、スマホも失ったままです。吹雪がやむまでに解決したいですね」

老執事がキッチンから「皆様、何か飲まれますか」と声をかけた。数人が「お願いします」と答えた。

娘の美々が「ジュース飲みたい！」と声を上げた。

老執事が笑顔で「かしこまりました」と応じる。

「私も手伝います」

林原凛がキッチンへ歩いていく。

奈那子は彼女を眺めた後、美々をリビングのスツールに座らせた。ダイニングチェアでは娘の座高が足りずにテーブルを使えないので、リビングでいただくことにする。

しばらくすると、林原凛がリンゴジュースを持ってきて、「はい、どうぞ」と美々に手渡した。

「ありがとう、お姉ちゃん！」

受け取った美々が美味しそうに飲む。

「すみません、林原さん」

奈那子は彼女に頭を下げた。

「いいえ」林原凜は笑顔で手のひらを振った。「気にしないでください。可愛らしくて、つい構いたくなります」

「娘も遠慮がなくて、ひやひやします」

奈那子は彼女と会話して時間を潰した。意識的に不吉な話題は避けていたように思う。小説の話だったり、都内の美味しいカフェの話だったり、両親が飼っている三毛猫の話だったりした。

そのうち、美々が眠たそうにまぶたをこすりはじめた。

「眠くなっちゃった？」

林原凜が美々に優しく声をかけた。娘が無言でうなずく。

「じゃあ、そこでお昼寝する？」

彼女が指差したのは、リビングの奥に置かれた二人掛けのヴィクトリアン調のソファだった。

美々が再びうなずく。

奈那子は娘を立たせた。

「じゃあ、そこで横になってなさい」

美々はソファに横たわった。膝を軽く折り曲げるようにして丸くなる。厚みがある肘置きに挟まれているものの、小さな体は窮屈そうではなかった。

山伏が窓際へ歩いていき、カーテンを引き開けた。窓ガラスに吹きつける風雪は激しく、視界は白一色に閉ざされている。

「外の様子、確認したいですね……」

山伏がつぶやくように言うと、ダイニングチェアに座っている錦野光一が彼の背中を見つめた。

「窓からじゃなく、外に出て――という意味ですか？」

山伏が振り返った。

「はい。邸宅の周辺も調べたくありませんか」

「そりゃ、気にはなりますけどね。ドアや窓を開けたら警報が鳴り響くわけで」

「もちろんそうですが――」

「警報は御津島さんしか停止できませんよ。御津島さんがいない今、不用意に鳴らしてしまったら、丸一日、邸宅内にアラームが鳴りっぱなし――なんて状況に陥りかねません。頭がおかしくなりますよ、そんなの」

山伏は大きく嘆息した。

「それは困りますね……」

「警報の止め方が分からない以上、ドアを開けるのはここを後にするときでしょうね」

奈那子は二人の会話を聞きながら、そのときのことを想像した。

吹雪がおさまり、タクシーが迎えにやって来る。玄関ドアから全員が外に出る。そのとき、アラームは鳴り響いたままだ。それを放置して立ち去っていいものだろうか。

御津島先生に迷惑をかけるのでは——。

躊躇を覚えるが、今考えても仕方がない。

林原凜が面々を見回した。

「もう一度、室内を調べたほうがいいかもしれませんね。何か見落としがあるかもしれません」

獅子川正が「そうしましょう」と応じた。

「執事さんにも協力してもらって。私たちよりも先に御津島さんと話していたわけですし、何か気づくことがあるかもしれません」

「たしかに」

「スマホも見つけたいです」

それぞれが動きはじめた。獅子川正と安藤が老執事を引き連れて書斎へ歩いていく。錦野光一と山伏はサーキュラー階段を上り、二階へ。

林原凜はキッチンへ向かった。天童寺琉はリビングを徘徊している。

奈那子は寝息を立てる娘を眺めた後、息をついた。

御津島先生は偽者だったのか、どうか——。

偽者だとしたら目的は何なのか。招待客を選んだのも偽者なのか。それとも違うのか。

謎ばかりが増えていく。

思案しながら二十分ほど経ったときだった。尿意を覚え、立ち上がった。

だが——。

トイレの付近に天童寺琉が立っていることに気づいた。彼はダイニングの壁のウォールランプを眺めている。

各部屋とトイレの鍵が抜き取られているので、近くに人がいたらさすがに落ち着かない。

奈那子は迷ったすえ、サーキュラー階段で二階へ向かった。階段のすぐそばにあるトイレに入る。

スイッチを入れると、天井の宮殿風のシャンデリアが明かりを放った。外のドアの横に備えつけられたレトロなウォールランプが室内の電灯と連動しているので、誰かが入っていたら点灯して分かるようになっている。

一息つき、改めて考えた。

犯人は一体なぜ全ての部屋の鍵を抜いたのか。

まだ犯行を続けるつもり——という推理は当たっているのだろうか。

用を足すと、奈那子はトイレを出た。様子を見ようと思い、マスターベッドルームのドアを開ける。

室内には錦野光一がいた。シアタールームに繋がるドアを開けたまま、アンティークデスクの前で引き出しを調べている。

奈那子は後ろ手にドアを閉めると、彼に声をかけた。

「何かありました？」

錦野光一が顔を向け、残念そうにかぶりを振った。

「何らかの手がかりになりそうなものはないですね」

「そうですか……」

「もっとも、何を探せばいいのか分からない状況じゃ、闇雲に部屋を調べるだけですし、手詰まりです」

「せめてスマホだけでも見つかったら助かるんですけど……」

「ですね。でも、スマホくらい小さなものはどこでも隠せますし、見つけるのは至難の業かもしれませんね」

「御津島先生は意味深なことをおっしゃってましたもんね」

――他人が勝手に触れない場所に厳重に保管しているよ。少々趣向を凝らしていてね。この集まりの最後に取り戻せるように考えている。

「つまり、簡単には見つけられない場所――ということですね」錦野光一が鼻息を漏らした。

「それこそ、カラクリがある可能性も――」

「『バイオハザード』のような」

彼は有名なホラーゲームの名前を出した。プレイしたことはないものの、ゾンビが出てきて、いろいろな謎解き要素もあるゲームだという程度の知識はある。

「『バイオハザード』だと、特別なシンボルを像のくぼみに嵌めたり、石像を動かして決まった場所に並べたり、パズルを解いたりしたら、アイテムや隠し部屋が現れたりするんですよ」

「一見したかぎり、そんな凝ったギミックがありそうには思えませんでした」

「ダイニングのくぼみ《ニッチ》には女神像が飾られてたし、ホールには天使像の噴水が置かれていましたね」

「ありましたけど……何か仕掛けが？」

錦野光一は苦笑いした。

「調べてみたんですけど、ま、何の変哲もない像でしたね。残念ながらギミックはなさそうでした」

「残念です」

「実際問題、ゲームに登場するような非現実的なギミックを作るのは難しいでしょうしね。そっちはどうです？」

「え？」

「何か見つけました？」

奈那子は後ろめたさを覚えて視線を逸らした。

「私は寝ている娘のそばにいましたから……」

「ああ……」

「すみません、お役に立てず」

奈那子は彼と少し会話をしてからマスターベッドルームを出た。一階へ下り、リビングへ戻る。

奥のソファに顔を向けたとき、眠っていたはずの美々の姿が消えていた。

13

一階から娘の名前を呼ぶ藍川奈那子の声が聞こえてきたので、錦野光一はマスターベッドルームを出て、階段の上から「どうしたんですか」と呼びかけた。

山伏も心配そうな顔つきでゲストルームから出てきた。

藍川奈那子が階段下に顔を出した。不安に押し潰されそうな表情をしている。

「美々が――美々がいないんです」

「いないってどういうことです？」

「ソファで寝ていたはずなんですけど……」

錦野は山伏と共に階段を下りた。リビングへ入り、室内を見回す。

藍川奈那子がソファを見つめたまま口を開いた。

「ここで寝ていたんです……」

「ええ」錦野はうなずいた。「それは僕も見ています。皆がそれぞれ動き回りはじめる前ですよね」

「はい。二階のトイレを利用した後、錦野さんと少し話してから戻ったら、消、え、て、い、た、ん、で、す」

錦野はトイレに目を向けた。ドアの脇で明かりを放つウォールランプが目に入る。

「誰か入ってますね。目が覚めてトイレに行きたくなっただけじゃないですか」

「いえ、トイレは――」

水が流れる音がした後、少しの間を置いてからトイレのドアが開いた。出てきたのは天童寺琉だった。

「美々じゃありませんでした。さっき呼びかけたら、天童寺さんで――」

天童寺琉が錦野たちに怪訝そうな顔を向けた。

「美々ちゃんがいないというのは？」

彼女が半泣きの顔で説明した。

状況を聞くと、天童寺琉は冷静な口ぶりで言った。

「落ち着いてください。他の部屋は捜しました？」

「いえ……」

「そうですか。だったら何かがあったとはかぎりません。目が開いたとき、そばにお母さんがいなくて、その辺りを歩き回っているのかもしれません。一緒に捜してみましょう」

「お願いします」

彼女が切実な表情で頭を下げた。

「とりあえず、向こうを――」

天童寺琉が廊下のほうへ歩きはじめた。そのとき、廊下の先の木製扉が開き、獅子川正と安藤が顔を覗かせた。その後ろには老執事が控えめに立っている。

「あっ、ちょうどよかった」天童寺琉が話しかけた。「書斎に美々ちゃんが顔を見せませんでした?」

獅子川正と安藤は顔を見合わせた後、揃ってかぶりを振った。

「そうですか……」

藍川奈那子の表情が一瞬で暗くなる。

「どうかしたんですか?」

獅子川正が深刻そうな顔で訊くと、天童寺琉が説明した。

「ありえないでしょ。いくら小さいとはいえ、そんな短時間で消えるなんて。絶対、邸宅内にいるはずですよ」

「私もそう思っています。だからこうして捜しているんです」

天童寺琉がすぐそばのパウダールームのドアをノックした。

「はーい」

室内から林原凜の声が返ってきた。

「開けても構いませんか?」

「え?」

「確認したいことがありまして……」

少し躊躇するような間の後、「どうぞ」と返事があった。

天童寺琉が扉を引き開けた。

パウダールームの扉を開けると、扉が廊下を占拠して人が通れなくなる。

錦野は中を覗き込んだ。林原凜がボックスソファに腰掛け、ドライヤーを使っていた。流れ落ちる濡れ髪に色気が漂っている。

「もしかして――お風呂使ってた？」

錦野が訊くと、彼女は戸惑いがちに答えた。

「髪がべたついて気持ち悪かったので、服を着たまま洗髪だけ――」

入浴していたわけではないのか。考えてみれば当然だ。パウダールームのロックも抜かれている。落ち着いて入浴はできない。

天童寺琉が「失礼します」とパウダールームに入った。「美々ちゃんを捜していまして」

「美々ちゃん？」

「はい。見ませんでした？」

「見てないですけど……いないんですか？」

「ソファで寝ていたはずなんですけど、少し目を離した隙にいなくなってしまったようで」

天童寺琉がガラス張りの浴室と反対側のランドリーに順番に目を這わせる。

「ここにはいませんね」

錦野は浴室のガラスドアを開け、バスタブを確認した。それからランドリーに入る。キャビネット風のチェストの上には、十数枚のタオル類が山積みになっているだけだ。

天童寺琉が林原凜に言った。

「僕らは美々ちゃんを捜しています。髪を乾かし終えたら手伝ってください」

「……もちろんです」

天童寺琉に続き、錦野はパウダールームを出た。扉を閉めると、書斎の前に突っ立っている獅子川正たちと目が合った。

「……一階にはいないみたいですね」天童寺琉が、ふう、と息を吐いた。「全員で二階を捜しましょう。まずはマスターベッドルームから」

錦野は首を捻った。

「マスターベッドルーム？　そんなところにいるはずがないですよ。直前まで俺がいましたから。誰にも見つからず二階に上がることは不可能でしょ」

「たしかに美々ちゃんが目覚めて不安になって歩き回っているなら、一階にいるはずです。錦野さんの言うとおり、二階に上がったら必ず誰かと鉢合わせしています」

「だったら――」

「だからこそ、なんです」

天童寺琉はそこで言葉を濁した。

その悩ましげな表情を見て、ようやく彼の言わんとしていることが理解できた。

「つまり、美々ちゃんは自分の意思で歩き回っているわけじゃなく、何者かが――」

天童寺琉が小さくうなずくと、藍川奈那子が目を見開いた。彼女が震える声を絞り出す。

「美々は誰かにさらわれた……」

彼は緊迫した顔つきで彼女を見返した。

「悪い想像が外れていることを願います。ですが、一階にいないという状況から推測すると――」

「いやいや」錦野は言った。「先に一階をもっとくまなく捜すべきでしょ。本当に隠し部屋があるかもしれませんよ」

「隠し部屋なんて眉唾物です」獅子川正が反論した。「美々ちゃんが二階に隠されている可能性は充分あります」

「藍川さんはそれまでずっと娘さんと一緒に過ごしていて、トイレのために二階へ上がったんです。で、一階へ下りて娘さんが消えていることに気づいたんですよ。マスターベッドルームには俺が、ゲストルームには山伏さんがいました。二階へ運んできたらどちらかと鉢合わせするはずです。廊下を通ってシアタールームに入ることは可能ですけど、俺はマスターベッドルームからシアタールームに繋がるドアを開けていましたから、犯人が廊下からシアタールームにこっそり入ってきても俺に気づかれます」

「そうとも言い切れませんよ。さっきの話だと、藍川さんは二階のトイレを使った後、マスターベッドルームで錦野さんと少し話したんですよね？」獅子川正は藍川奈那子に顔を向けた。

「そのとき、部屋のドアは閉めました？」

彼女は記憶を探るように視線を上げた。

「たしか――閉めました。開けたままだと何だか無防備な気がして、ほとんど無意識に」

「やはりそうですか」

錦野は「だったら何です？」と訊いた。

「……〝犯人〟は彼女がマスターベッドルームに入るのを見てから美々ちゃんを抱えて階段を上り、トイレにいったん身を潜めたんです」

錦野はその光景を想像し、はっとした。

「いいですか」獅子川正が続ける。「トイレの電気を点けなければ、中に人がいるかどうかは外から分かりません。トイレを使ったばかりの藍川さんがまたすぐトイレを使うことはないので、安全な隠れ場所です。もちろん、錦野さんや山伏さんが使う可能性はゼロではありませんが、藍川さんが娘を一人きりで長時間放置するとは考えられず、おそらくすぐ錦野さんとの話を切り上げて一階へ戻るでしょう。そして美々ちゃんの消失に気づいて、声を上げるはずです。その短い時間に錦野さんか山伏さんがトイレを使う可能性はきわめて低いと考えられます」

「しかし、それはたまたま藍川さんがトイレの後でマスターベッドルームに入って、しかもドアを閉めたから実行できるトリックですよね」

「つまり？」

「藍川さんがトイレを出た後、そのまま階段を下りていたら、美々ちゃんを二階へ運ぶことはできません。藍川さんがマスターベッドルームに入った後、ドアを開けたままでも実行不可能です。こっそりトイレに潜むことはできません。すぐそばですから、必ず気づかれます」

二階トイレのドアを最大まで引き開けたら、マスターベッドルームのドアに接するほど二つの部屋は近い。藍川奈那子がマスターベッドルームのドアを開けたままだったら、〝犯人〟がトイレに入ろうとした瞬間に物音や気配でバレてしまうだろう。

「〝犯人〟は偶然の状況を利用したんだと思います。眠っている美々ちゃんと一緒に二階トイレに隠れて、一階へ下りていく錦野さんと山伏さんをやり過ごしてから、悠々とマスターベッドルームに隠れたんです。これが美々ちゃんがリビングから消えて、一階のどこにもいない真相だと思います。二階を捜せば見つかるはずです」

獅子川正が率先してサーキュラー階段を上りはじめた。錦野は他の面々に続いて二階へ上がった。

天童寺琉がレバーハンドル型の取っ手を押し下げ、二階トイレのドアを開ける。クリーム系の壁紙が貼られた狭めのトイレだ。高さが二メートル七十センチあるという天井は一般的な住宅より高く、面積の割には広く見える。もちろん子供が隠れていることはなかった。

「いませんね……」

続けて全員でマスターベッドルームに入った。ベッドの下や陰を覗き込んで確認した。美々の姿はない。

「……他の部屋も調べましょう」獅子川正が言った。「ゲストルームにいた山伏さんが一階に下りた隙に、そっちに隠したのかもしれません」

「その前にこっちでしょ」

錦野はシアタールームのドアを開けた。ぱっと見るかぎり、美々の姿はなかった。

三人掛けのソファの後ろを調べた。スピーカーの後ろ側や、バーカウンターの陰も調べた。

だが――。

「ここじゃないですね」

錦野はかぶりを振ると、廊下に出た。そこに、髪を乾かし終えた林原凜が合流した。

「美々ちゃん、見つかりました?」

心配そうに訊く。

「……いえ」天童寺琉が首を横に振った。「後はゲストルームだけです」

全員でゲストルームへ入る。ベッドの下やドレッサーの下を覗き込んだ。しかし、美々は見つからなかった。

全員で顔を見合わせる。

「これはどういうことでしょう……」

山伏が眉を顰めたままつぶやいた。

獅子川正はベッドのそばに立ち尽くしたまま、見開いた目で虚空を睨んでいた。

「二階にもいないなんて――」

天童寺琉が奥のカーテンを引き開け、吹雪に襲われて雪が積もっているバルコニーを眺めた。

「アラームが鳴っていない以上、外には誰も出ていないはずですが……」

「美々……」

藍川奈那子は不安に塗り潰された顔で、今にも泣き出しそうに見えた。嚙み締めた下唇が震えている。

幼い女の子はどこへ消えたのか。

錦野は改めて記憶を探った。

マスターベッドルームで藍川奈那子としばらく話した後、彼女が一階へ下り、娘の消失に気づいた。一階から呼びかける彼女の声を聞き、階段を下りた。一緒に山伏も一階に下りた――。

「おかしい……」錦野は言った。「これはおかしいです」

獅子川正が「何がです？」と顔を向ける。

「あなたの推理は成り立ちません」

「なぜ？」

「……全員がいた場所を思い出してみてください。藍川さんは一階に下りた後、美々ちゃんがいないことに気づいて、名前を呼びながら捜しはじめました。俺と山伏さんはその声を聞いて、一緒に一階へ下りました。三人で美々ちゃんを捜すと、天童寺さんは一階のトイレから出てきましたし、林原さんはパウダールームで髪を乾かしていました。あなたと安藤さんと執事は書斎から顔を出しました。俺と山伏さんが一階に下りたとき、全員が一階にいたんです」

獅子川正が「そんなはずは……」と弱々しくつぶやいた以外、誰もが言葉を失っていた。

沈黙を破ったのは天童寺琉だった。

「つまり、獅子川さんが推理したトリックを実行可能な〝犯人〟は邸宅内に誰もいなかった――というわけですか」

安藤が口を挟んだ。

「そもそも美々ちゃんが二階にいないんですから、獅子川さんのトリックが使われたかも分からないのでは？」

獅子川正は目を細めると、慎重な口ぶりで切り出した。

「……誰にも実行不可能とは言い切れないでしょう。山伏さんなら可能です」

突然矛先が向いた山伏は目を剝いた。

「藍川さんがマスターベッドルームに入った直後、ゲストルームを出て一階へ下り、美々ちゃんを抱えて二階へ戻ってトイレに潜むんです。彼女が階段を下りると、すぐトイレを出て、ゲストルームへ戻ります。その後、彼女が娘を捜して声を上げはじめると、何食わぬ顔で錦野さんと一緒に一階へ――」

「待ってください！」山伏が慌てた様子で首を横に振った。「私はそんなことはしていません」

「あくまで可能性の話です」

「いや、それにしたって――」

「獅子川さん」錦野は言った。「それはかなり強引ですよ。時間的に相当無理があります。第一、偶然の要素が多すぎます。たまたま美々ちゃんが昼寝して、たまたま藍川さんが二階のトイレを使って、たまたまその後でマスターベッドルームに入って俺と少し話した――。山伏さんには予測できない行動ですし、そんな不確定要素ばかりの中で美々ちゃんをどうこうするなんて、不可能です。そもそも、女の子をどこに隠すんですか？」

「それはまあ……」

獅子川正は言葉を濁し、黙り込んだ。指摘されて自分の推理の穴を理解したのだろう。

「しかも、他の招待客全員にアリバイがある状態でそんなトリックを使ったら、自分が犯人だと教えるようなものでしょ」

手の込んだトリックを弄するなら、自分が容疑者から外れるようにしなければ逆効果になる。

再び沈黙が降りてきた。しばらく誰も口を開かなかった。

「あのう……」

林原凜が控えめに口を開いた。

全員が彼女を見る。

林原凜は静かに息を吐き、抑え気味の声で言った。

「一人だけ――いるじゃないですか」

錦野は「え？」と訊き返した。

「……御津島さんです。姿を消した御津島さんなら何でも可能です。叫び声を上げて襲われたように見せかけて、裏で動いているとしたら――」

彼女が答えると、天童寺琉が眉間の皺を深めた。

「もし隠し部屋なんかが存在するとしたら、美々ちゃんはそこに隠されているかもしれませんね」

〝死の偽装〟は本格推理小説の定番の展開ではある。第一の犠牲者が実は生きていて、その後の連続殺人の真犯人だった——という物語は手垢《てあか》が付きすぎていて、ミステリー慣れしている読者ならほとんど驚かないだろう。

御津島磨朱李が——本物か偽者かは謎だが——死を偽装し、この〝犯行〟に及んでいるのだとしたら……。

一体何の目的があるのか。

意味もなくこれほど手の込んだことはしないだろう。怨恨か、私利私欲か、それとももっと別の何か——。

「もう一度捜しましょう」林原凜が言った。「全員で一緒に動いていたら死角が多すぎますし、バラバラになって捜したほうがいいと思います」

山伏が「それは危険では？」と異を唱えた。

「そこまでの広さではありませんから、誰かが叫び声を上げればすぐ駆けつけることができます。個々で動いても危険はないと思います」

彼女の論理には納得できるものがあり、散開して美々を捜すことになった。

錦野はマスターベッドルームへ移動した。一度確認したとはいえ、念のため、ベッドの下を覗き込んだ。

やはりいない——か。

南側にあるカーテンを引き開け、ガラス戸から外を眺める。人一人が立てる程度の半円のバルコニー――ロートアイアンの柵がある――になっており、吹雪に晒されている。

こんな場所に放置されていたら凍死しているだろう。

いくらなんでも〝犯人〟が三歳の女の子をむごたらしく死なせるほど冷酷無比ではないことを願う。

錦野は右側――ヴィクトリアン調の重厚なベッドの横――にあるドアを見た。

たしかこの先は――。

ドアを開けると、奥行き二メートルほどのスペースが現れた。正面には茶褐色のキャビネットと大型ミラーがあり、錦野自身を映し出していた。

左側は出窓になっており、建物正面にそびえるドーリア式の飾り柱《コラム》を見ることができる。右側にはロートアイアンのフェンスがあり、サーキュラー階段と吹き抜けの一階ホールを見下ろせる。

錦野はキャビネットの扉を開けて中を確認した後、フェンスの手すりを摑んで一階を眺めた。天童寺琉がアーチ天井の下をうろついている。

全員で捜しても見つからなかったら――。

錦野は不安を抱きながら邸宅内を捜し回った。

14

「美々ちゃんがいました！」

藍川奈那子ははっと顔を上げ、シアタールームを飛び出した。山伏の声は一階から聞こえた。サーキュラー階段を下りると、天童寺琉と獅子川正が廊下に立ってパウダールーム内を見つめていた。

「美々！」

奈那子は声を上げ、パウダールームに駆けつけた。二人を押しのけるように中に入る。

「美々は無事なんですか！」

山伏がいるのは浴室だった。ガラス戸が開いたままになっており、こちらに背を向けてバスタブを凝視している。

山伏が振り返ると、奈那子はその表情を見据えた。彼の顔に恐怖などは貼りついておらず、むしろ安堵の色がある。

奈那子はごくっと唾を飲み込んだ。

「娘さんは――」山伏が静かに口を開いた。「たぶん、大丈夫です。息はしています」

彼が脇に避《よ》けると、奈那子はバスルームに進み入った。乳白色のバスタブの中に、美々が丸まるようにして横たわっている。

「美々……」

奈那子は美々に触れた。体温はちゃんとあり、寝息に合わせて胸が上下している。

「よかった……」

胸を撫で下ろし、娘を抱え上げた。パウダールームを出ようとすると、廊下に全員が集まっていた。

「大丈夫でした。寝ているだけです」

奈那子はそう言うと、美々をリビングに運んだ。二人掛けのヴィクトリアン調のソファに運び、横たえた。

「美々。美々――」

心配そうな眼差しに取り囲まれる中、娘を揺さぶりながら何度も呼びかけた。

やがて美々がまぶたをこすりながら目を開けた。寝ぼけ眼《まなこ》で母親を見つめる。

「お母さん――?」

娘の声を聞いたとたん、安堵が全身に広がった。思わず小さな体を目いっぱい抱き締めた。

「よかった、本当に――」

万が一のことがあったらどうしようかと思った。もう片時も目を離さないと誓う。

しばらくして落ち着くと、他の面々が話し合いはじめた。

「美々ちゃんは今までどこにいたんでしょう」

天童寺琉が疑問を投げかけると、錦野光一が顰めっ面でかぶりを振った。

「……俺たち、全ての部屋を捜しましたよね」

「はい」山伏が答えた。「全員でくまなく。一階も二階も調べました。三歳の女の子を隠せそうなキャビネットの中も、ベッドの下も、全部」

「それでも見つからず、バスタブに……」

「バスルームも調べましたよね？」

「ええ。俺と天童寺さんがパウダールームに入って、バスルームとランドリーを確認しました。バスタブの中も見ましたけど、その時点では美々ちゃんはいませんでした」錦野光一は林原凜に顔を向けた。「だよね？　林原さんも見てないでしょ」

彼女は困惑が貼りついた顔でうなずいた。

「私がドライヤーを使っていたときはもちろん誰もいませんでした。錦野さんたちが二階に捜しに行った後、私は髪を乾かし終えて、合流しました」

「その時点では全員が二階にいたよね。やっぱり〝犯人〟は消失を演じた御津島磨朱李――」

「私たちが二階に集まっている隙に一階で行動している人間がいた――としか考えられません」

天童寺琉が「それにしても――」と切り出した。「その〝犯人〟の目的は一体何だったんでしょう。三歳の女の子を一時的に隠して、一時間ほどで返したわけです」

錦野光一が「たしかに奇妙ですね」と首を傾げた。

「何の意味もない行動です。それどころか、御津島邸に僕たち以外の人間がいることを証明してしまっただけです。それが偽者の御津島磨朱李なのかどうかは分かりませんが」

「本格推理小説なら、混乱を生じさせておいて、分断を煽ったり、個別行動を誘発して、その隙にターゲットを殺害するシーンです。でも、今回は何も起こりませんでした」

奈那子は口を挟んだ。

「私たちが警戒していたから、〝犯人〟は行動を起こせなかったんじゃないでしょうか。どんな理由があっても、幼い美々を利用するなんて、許せません」

美々の姿が消えていて、一階にも二階にも見当たらなかったときは生きた心地がしなかった。そんな気持ちに寄り添うことなく、推理合戦をしている男性たちにも苛立ちが募った。理性が辛うじて勝ったが、よっぽど衝動のまま感情をぶつけようかと思った。

だが――。

こうして美々が無事に発見されてよかった。

〝犯人〟の目的が分からない現状、誰がいつ狙われるか――。

奈那子はますます強く娘を抱き締めた。

15

――御津島さんの代わりに、あの作品が盗作であると暴露してもいいんですよ……？

安藤友樹は脅し文句のように告げられた台詞を思い返し、内心でため息をついた。

盗作の暴露――。

一体どうすれば阻止できるのか。

盗作が公になるのは時間の問題か。

安藤は立ち上がり、室内を歩き回った。

厄介な問題だな、と思う。盗作が暴露され、メディアが報じ、ＳＮＳで騒動になる――。そんな未来が容易に予測できてしまう。しかし、告発を阻止する方法はない。

告発されれば、作家としての名誉は地に落ちるだろう。築き上げてきた地位も失う。

過去の愚行だとしても、世間は許してくれない。過去の醜聞でどれほどの芸能人やスポーツ選手が大打撃を被ってきたか。先例は枚挙にいとまがない。

事実無根として突っぱねる手もあるだろう。本人が無視を決め込めば、小火《ぼや》ですむかもしれない。だが、向こうが何らかの証拠を持っていたとしたら――。

否定してから決定的な証拠を出されたら、それこそ取り返しがつかないダメージを受ける。

それならば、いっそ――。

自分から素直に認めて謝罪したほうがいいのではないか。もしくは、盗作被害者に何かしらの便宜をはかる約束でもすれば、告発を阻止できるかもしれない。

もう一度話して交渉できないか、考えてみよう。

編集者としては胃が痛くなる問題だった。

彼女の告発によって、彼は大打撃を受ける――。

16

〝幼子の消失は隠し部屋を使ったトリックである。次なる犠牲者は口の軽い愚か者である。隠し部屋に次なる犠牲者が倒れているであろう……〟

ゲストルームで一人きりになると、ロココ調チェアに座り、デスクの上で手持ちの便箋に文章を綴った。

江戸川乱歩に倣《なら》って〝怪人二十面相〟とでも名乗ろうか。それとも、シャーロック・ホームズの永遠の宿敵〝モリアーティ教授〟がいいだろうか。

あるいは――〝御津島磨朱李〟の名前が効果的か。

自然と口元がほころぶ。

迷ったすえ、御津島磨朱李の名前を書き記した。手紙を三つ折りにしたとき、ノッカーの硬質な音がした。

心臓が飛び上がり、冷や汗が滲み出る。

手紙をポケットに突っ込んで隠し、立ち上がった。緊張の息を吐き、ドアに近寄る。

「はい……」

慎重に返事をし、ドアを押し開けた。立っていたのは錦野光一だった。

「一人になるのは危ないよ、林原さん」

林原凜は愛想笑いを返した。

「化粧直しをしてました」

「……そう」錦野光一はまじまじと凜の顔を見た。「普段と変わらず綺麗だよ」

乾いた笑いがこぼれそうになる。

だが――。

今は疑惑を抱かれるわけにはいかない。

「ありがとうございます」

作り笑いを浮かべながら礼を言っておいた。

「……それより、どうかしたんですか？」

「いや、夕食の準備ができたらしくてね。呼びに来たんだよ。心配もあったしね」

「わざわざすみません。そういえば、おなか空きましたね」

「俺も。でもその前に――」

彼は優男《やさおとこ》風の笑みを消すと、部屋に踏み入ってきた。凜は本能的に後ずさった。

錦野光一は廊下のほうを一瞥し、後ろ手に扉を閉めた。

「……何ですか」

凜は警戒しながら訊いた。

「……俺の気持ち」

「え？」

「気づいてるでしょ」

「何の話だか……」

凜は曖昧に濁《にご》すと、視線をさ迷わせた。彼は表情を引き締め、凜の目を見つめた。

「俺の好意」

「それは――」

「彼氏、いる？」

――何でそんなことを答えなきゃいけないいんですか。

漏れそうになった言葉を呑み込む。

「いえ……」

「じゃあ、いいよね」

錦野光一が自信満々の笑みを浮かべる。

凜は嘆息を押し殺し、努めて冷静な声で答えた。

「私、今は仕事が大事ですから」

「仕事だけの人生なんてつまんないでしょ」

「それは価値観の違いだと思います」

「人生、充実させなきゃ」

――充実はしています。

「俺と付き合ったら楽しいと思うよ」

その自信はどこから来るのだろう。はっきりと拒絶まではしなかったから、誤解をさせてしまったのかもしれない。

いくら顔立ちが整っていても、軽薄な性格が透けて見えるタイプは好みとは程遠く、言い寄られても困るだけだ。

彼の女癖の悪さは業界でも知られており、担当編集者から注意されたこともある。ファンの女性にも手を付けている、という噂もまことしやかに聞こえてくる。

そもそも錦野の小説はタイプじゃない。

凜は深呼吸した。

「皆を待たせてしまっては申しわけありませんし、そろそろ夕食へ……」

錦野光一は眉を顰めた。

「はぐらかすね、林原さん」

「そういうわけじゃありませんけど……」

「男心を弄《もてあそ》ぶの、上手いよね」

皮肉なのか軽口なのか、口調からは判断しかねた。

「大先輩のお宅で話すような内容とは思えません」

彼は肩をすくめた。

「素直になってほしかったけど……」

彼が背を向けると、凜は先ほど書いた手紙がこぼれ落ちないか、念のためポケットを確認した。

ふう、と一息ついて彼の後をついていく。

サーキュラー階段で一階へ下りると、ダイニングでは全員が席に座っていた。

「お待たせしてすみません」

凜は頭を下げた。

「いえ、全然」獅子川正がにこやかに応じた。「食事はできたばかりですから」

彼は「どうぞ」と隣のヴィクトリアン調のダイニングチェアを引いた。

「ありがとうございます」

凜は礼を言いながらチェアに座った。

全員で食事をするあいだ、頭の中にあったのは、いかに相手に気づかれず犯行予告状を忍ばせるかだった。

17

薄闇に沈むサーキュラー階段には、吹き抜けの二階窓から、吹雪の中の仄かな月明かりが射し込んでいた。

〝彼〟は一段一段踏み締めるように、階段を上った。

夜は全員が寝静まっており、無音だ。自分自身のわずかな足音だけが耳に入る。

猛吹雪は徐々におさまりつつあり、明日には天気が回復するかもしれない。

——チャンスは今夜しかない。

二階に上がると、まずトイレの扉上部の横にあるウォールランプを見つめた。点灯はしていない。トイレは使用中ではない。

〝彼〟はマスターベッドルームの扉に耳を寄せた。室内から物音が聞こえてくることはなかった。ぐっすり眠っているのだろう。

さて——。

そのまま廊下へ向かった。シアタールームに入るための扉に耳を当てた。中から話し声が聞こえてこないか、耳を澄ました。三十秒ほど息を殺して耳に意識を集中する。

何も聞こえてこない。

寝場所にシアタールームを使っている者たちも、すでに眠っているようだ。

自然と口元が緩む。

御津島邸の部屋は、ドアレバー横にあるでっぱりを押し込めば鍵が掛かるようになっている。しかし、そのでっぱり——ロックを誰かが取り外してしまった。これが摘まみを回すタイプなら、専用の工具がないと取り外せなかっただろう。おかげでどの部屋も今や内側から鍵を掛けることができない。それはつまり、どこでも出入りが自由——ということだ。

〝彼〟は廊下の突き当たりに着くと、ゲストルームのドアレバーに手を伸ばした。

18

薄闇の中にカチャッと微音が響いた。


「大変です！」

大声が耳に入り、獅子川正は目を覚ました。

三人掛けの電動リクライニングソファを倒していたので、すぐには起き上がれなかった。脇のボタンを操作してソファを元に戻し、薄闇の中でシアタールーム内を見回した。左隣で人影がソファを倒して眠っている。

シアタールーム内のウォールランプ六灯のうち、後方のバーカウンターの横の一灯だけ点けている。真っ暗闇は落ち着かない。

「山伏さん！」

獅子川は彼を揺すり起こした。

「今の声――聞きましたか」

山伏がまぶたをこすりながら目を開けた。

「声……？」

獅子川はマスターベッドルームに繋がるダブルのドアに目を向けた。

「向こうから――。たぶん、天童寺さんの声でした」

山伏が身を起こし、ソファから立ち上がった。壁のスイッチを押してシアタールームのウォールランプを全て点ける。そして――ドアを無言で指差した。

獅子川は黙ってうなずいた。

山伏が軽くノックした。

「……来てください！」

向こう側から天童寺琉の声が返ってきた。

山伏がためらいがちに――女性に割り当てられた部屋だからだろう――ドアレバーを握り、左側のドアを引き開けた。

獅子川は山伏と一緒にマスターベッドルームに踏み入った。ダブルベッドの前に天童寺琉がこちらに背を見せて立っている。彼の脚のそばには幼い美々がいた。

「一体何が――」

獅子川正は不安そうに尋ねた。同時に、ベッドの上の布団の盛り上がりに気づいた。

天童寺琉がゆっくりと振り返った。その顔には深刻な表情が貼りついている。

「美々ちゃんの泣き声が聞こえた気がして、部屋に入ったら、見てのとおり藍川さんが――」

彼が半歩横にずれると、うつぶせになった女性の頭があった。黒髪が顔を隠しているものの、髪形で藍川奈那子だと分かる。

天童寺琉が下唇を嚙み、かぶりを振った。

「まさか――」

獅子川はつぶやくと、唾を飲み込んだ。体内でごくりと大きな嚥下音が響く。

「亡くなっています……」

山伏が「は？」と声を漏らした。「何言ってるんですか。冗談でしょう？」

「冗談でこんな話はしません。急いで他の皆さんを起こしてきてください」

獅子川は山伏と顔を見合わせ、マスターベッドルームを飛び出した。山伏が一階へ下りたので、獅子川は二階廊下を進んでゲストルームへ向かった。

扉にある真鍮製のノッカーを鳴らした。

「林原さん！　起きてください！」

間を置き、扉が開いた。化粧っ気がなく寝癖が残る林原凜が姿を現した。

「何ですか、こんな早朝から……」

獅子川は言葉に詰まった。

表情を読んだのか、林原凜が眉間に皺を作った。

「何かあったんですか……」

「藍川さんが……」

獅子川は踵を返し、マスターベッドルームに舞い戻った。彼女が後から追いかけてくる。

数分後、部屋には老執事を含めた全員が集まっていた。ベッドでうつぶせになっている藍川奈那子を言葉もなく見つめている。

「すみません」天童寺琉が老執事に言った。「美々ちゃんを部屋の外で——リビングなどで見ていてもらえますか。この場にいさせるのは残酷です」

美々は不安で泣き顔になっている。

老執事が柔和な笑顔を見せ、「下で美味しいジュースでも飲みましょう」と連れ出した。

美々がいなくなると、天童寺琉が大きく息を吐き、面々をゆっくり見回した。

「藍川さんが亡くなっています」

全員が目を瞠った。

「……本当に、死んでいるんですか」林原凜が震える声で訊いた。「信じられません」

「僕は医師免許を持っています。死後、数時間は経過しています」

山伏が「まさかそんな……」と足を踏み出した。藍川奈那子の体に手を伸ばす。

天童寺琉が腕を横に差し出し、制止した。

「触れないでください。現場の保存が最優先です。素人が現場を乱すわけにはいきません」

山伏がはっとした顔で動きを止める。

「死因は――」

天童寺琉が首を横に振った。

「目立った外傷はありませんでした」

「では、毒とか――」

「いえ、毒物ではないでしょう。たぶん窒息死だと思われます。首に扼殺痕《やくさつこん》はありませんから、顔に枕か何かを押しつけたのではないでしょうか」

獅子川は拳で自分の手のひらを殴った。

「まさかこんなことが起こるなんて……。一体誰が何のために藍川さんを……」

信じられない状況だった。

なぜ藍川奈那子が殺されたのか。一体誰に殺されたのか。

あの犯行予告状がこけおどしではなかった――ということなのか。

「藍川さん……」

か細いつぶやきが耳に入り、林原凜を見た。彼女は噛み締めた下唇を震わせている。涙の膜が瞳を覆っており、一粒のしずくが頬を伝った。

「そんな……」

彼女は今にも倒れそうだった。

「大丈夫ですか?」天童寺琉が労《いたわ》るように尋ねた。「ショックな気持ちはよく分かります」

彼女は口を開いたものの、またすぐ唇を噛んだ。

錦野光一は執拗に彼女に言い寄っていたので、肩でも抱き寄せるかと思いきや、なぜか少し離れた位置から様子を窺っていた。

獅子川は林原凜の横顔をじっと見つめた。

昨晩、彼女から相談を受けた。ゲストルームの枕元に犯行予告状があったという。

〝幼子の消失は隠し部屋を使ったトリックである。次なる犠牲者は口の軽い愚か者である。隠し部屋に次なる犠牲者が倒れているであろう……〟

差出人の名前には〝御津島磨朱李〟が使われていた。

——他の人には黙っておいてほしいんです。脅迫状の存在を喋ったことが知られたら、書いてあるとおり私が〝次なる犠牲者〟になるかもしれません。

このような情報は全員で共有すべきとも思ったが、彼女に懇願されて了承した。

犯行予告状はハッタリだと踏んでいたが、まさか実際に犠牲者が出るとは——。

御津島邸で一体何が起こっているのか。

〝御津島磨朱李消失事件〟に便乗した人間がいるのか？　それとも、あいつが御津島磨朱李を消した後で藍川奈那子を殺さねばならない理由が生まれて、彼女も狙ったのか？

獅子川は理解できない状況に戦慄を覚えた。

19

山伏大悟は他の面々を眺め回した。

誰もが口を閉ざしていた。

事件かどうかも分からない御津島磨朱李の消失では推理劇を繰り広げていたミステリー作家たちも、招待客の中から現実に犠牲者が——死者が出たとあってはそのような余裕はないようだった。

殺人もトリックもフィクションだからこそ楽しめる——という当たり前の事実を思い知った。

御津島磨朱李の問いかけに、フィクションのあり方を議論しながら食事したことが大昔のように思える。

山伏はつかの間ためらったすえ、「あの……」と切り出した。全員の視線が集まってから、懐のポケットに手を入れた。

「実は昨夜、これが――」

取り出したのは、折り畳んである手紙だった。開いて文面を見せる。

〝幼子の消失は隠し部屋を使ったトリックである。次なる犠牲者は口の軽い愚か者である。隠し部屋に次なる犠牲者が倒れているであろう……〟

「これは――」

錦野光一が顔を顰めた。

「……犯行予告です」山伏は下唇を噛み締めた。後悔の念が押し寄せる。「口の軽い人間が次の犠牲者になる、と書いてあったので、言い出せませんでした。まさかこんなことになるとは思いもせず――」

錦野光一も手紙を取り出した。

「実は俺も同じです」

彼が提示した手紙にも同様の犯行予告が記されていた。

「錦野さんにも……」

「俺の場合、脅迫的な部分を気にしたわけじゃないんですけど、なぜ自分にこんな手紙がって

――結果的には俺だけじゃなかったんですけど、そのときは〝犯人〟の真意をあれこれ考えてしまって、言い出せなかったんです」

安藤が「僕も同じものを――」と手紙を取り出した。それを機に林原凜も手紙を見せた。

獅子川正が困惑気味に言う。

「僕はなぜか受け取っていません。ただ、犯行予告状の存在は昨晩、林原さんから見せられて知っていました」

天童寺琉はその光景を見回した。

「僕も犯行予告状は受け取っていません。獅子川さん以外の皆さんに来ているということは、たぶん、藍川さんも受け取っていたのではないでしょうか」

山伏は口を挟んだ。

「さすがにこれは警察に通報すべきです。御津島さんへの迷惑がどうとか、配慮している場合ではありませんよ。実際に事件が起きたわけですから」

山伏は、部屋の片隅に置かれているヴィクトリアン調のテレフォンソファ――文字どおり、片側に電話台のような台座があるソファ――に目をやった。シェード付きのテーブルランプが置かれた台座の横に、アンティーク調の固定電話がある。

「実はですね――」

天童寺琉は眉を曇らせると、テレフォンソファに歩み寄った。そして――固定電話本体を取り上げる。

「これを見てください」

彼が固定電話の底を全員に向けた。

林原凜が「あっ」と声を上げた。「モジュラーケーブルが……」

天童寺琉が小さくうなずいた。

「そうなんです。モジュラーケーブルが奪われているんです。これでは電話が使えません」

「一体誰が――」

「〝犯人〟でしょう。僕も藍川さんの遺体を発見して、すぐ通報しようとしたんですが、このありさまで」

天童寺琉が悔しげに下唇を嚙む。

「……一階へ下りましょう」山伏は言った。「下の電話を使って通報を――」

提案しながらも嫌な予感は拭い去れなかった。

天童寺琉が慎重な顔つきでうなずく。

「そうですね。ここにいても僕らにできることはありません。現場の保存も重要ですし、下りましょう」

全員で一階に下りた。

嫌な予感は的中した。ダイニングルームの固定電話のモジュラーケーブルも、書斎の固定電話のモジュラーケーブルも、奪われていた。

山伏は啞然としたままつぶやいた。

「これじゃ、外部との連絡が……」

「はい」天童寺琉が答えた。「一階の電話もやられていますね。通信手段が潰されました」

全部屋の鍵が抜き取られ、藍川奈那子が殺され、固定電話のモジュラーケーブルも奪われてしまった。〝犯人〟の狙いは何なのか。動機は何なのか。まだ犯行を続ける気なのか。

山伏は彼らを順番に見回した。

「まさか私たちの中に犯人が――」

「いやいや」獅子川正が反論した。「犯人は〝御津島磨朱李〟になりすましている偽者では？」

「現実的に考えて、この広さの邸宅で第三者が自由に動き回れるとは思えません」

「犯行があったのは夜中でしょう？　僕らは全員、寝ていましたから、動き回ることは可能だと思います」

「第三者がどこかに潜んでいたとして、私たち全員が本当に寝ているかどうかは分からないでしょうし、そんな中で出歩いたら誰かと鉢合わせするかもしれません。さすがにリスクが高すぎて、難しいんじゃないでしょうか」

「隠しカメラが実在するとしたら――。第三者が様子を監視していれば可能です」

山伏はリビング内を見回した。マントルピースの上や、天井の装飾や隅――。

だが、ぱっと見るかぎり、怪しいレンズは見当たらなかった。

第三者が――〝御津島磨朱李〟の偽者が本当に邸宅内の様子をどこからか監視しているのか？

仮にそうだとしても、〝隠れ場所〟から出てきてしまったら、各部屋の様子は監視できなくなる。たまたま部屋を出てきた誰かと遭遇してしまうリスクは否定できない。

山伏はそう反論した。

獅子川正はうなった後、「それはそうですね……」と譲歩した。

「つまり――」天童寺琉が言った。「我々の中に藍川さんを殺害した犯人がいる可能性が高くなった、ということですね。招待客なら、誰かと鉢合わせしても、トイレに行きたくなって目が覚めた、とでも説明したら誤魔化せますから」

招待客たちが疑念の眼差しでそれぞれの顔色を窺いはじめた。緊張が張り詰めている。

「……なぜ彼女だったんでしょう」

獅子川正がつぶやくように言った。

山伏は「え?」と彼に目を向けた。

「書斎の本棚から消えていたのは、林原さんの著作でしたよね。それを見て、僕らは『そして誰もいなくなった』のように、次の犠牲者を示しているんだと考えました。でも、なぜか殺されたのは藍川さんです」

錦野光一が緊張を帯びた声で口を挟んだ。

「林原さんと間違えられて殺されたのかも……」

山伏は彼に顔を向けた。

「間違われたって?」

錦野光一は林原凜を一瞥してから答えた。

「林原さんと藍川さん、部屋を交換していたんです。俺も昨日、林原さんから聞いて知ったんですけど」

獅子川正が「そうなんですか?」と林原凜に訊いた。

「……はい。最初の晩、藍川さんがマスターベッドルームを訪ねてきて、部屋を替わりませんか、って。ドレッサーや洗面化粧台があるゲストルームのほうが便利じゃないですか、って言ってくれて、ありがたい申し出だったので、交換したんです」

「そうだったんですか。だからマスターベッドルームで藍川さんが……」

「そう考えると――」錦野光一が言った。「〝犯人〟は部屋の交換を知らなかった人間ってことになりますね」

真っ暗闇の中で人影を見て犯行に及んだから、〝標的〟が入れ替わっていることに気づかなかった。女性だったから、当然、林原凜だと思い込んだ――。

天童寺琉は釈然としない顔をしていた。

「藍川さんは本当に勘違いで殺されたんでしょうか。彼女は美々ちゃんと一緒に寝ていたんです。いくら暗がりの犯行とはいえ、子供が隣で寝ていたら気づくのではないでしょうか」

言われてみれば、二人で寝ていることに気づかなかった、などということがあるだろうか。

天童寺琉は窒息死だと言った。それがたしかなら、〝犯人〟は娘の横で藍川奈那子を殺害したことになる。

天童寺琉が人差し指を立てた。

「とりあえず、僕の推理を語らせてください」

全員の視線が彼に集まる。

「答えが出ていない謎はいくつかあります。〝御津島磨朱李〟は本物なのか、なりすましなのか。なりすましだとしたら、目的は何なのか。叫び声を上げて姿を消したのは自作自演なのか。全部屋の鍵を抜き取ったのは誰なのか。そして――藍川奈那子さんを殺害した犯人は誰なのか」

他の人々が無言でうなずく。

「いったん、いくつかの謎は置いておきましょう。結論として、僕は鍵を抜き取った人物が藍川さんを殺したと考えています。部屋の出入りを容易にしておいて、彼女を狙ったんです。鍵を閉められていたら、手出しができませんから。誰が何をするにしろ、昼間は目立ちすぎます」

天童寺琉が語ると、獅子川正が言った。

「問題はそれが誰か――ということです」

「絞ることは可能です。殺害時刻は夜中でした。僕と獅子川さんと山伏さんと安藤さんの四人はシアタールームを使っていました。僕含め、全員がぐっすり寝入っていたと思いますが、こっそり扉を開けて隣のマスターベッドルームに入って、藍川さんを殺害する――。それにはリスクが伴います」

「まあ、たしかに……」

「単独で眠っていたのは、執事の方を除けば、ゲストルームの林原さんとリビングの錦野さんです」

天童寺琉の視線の動きに合わせ、他の面々が二人に目を向ける。突き刺さる疑惑の眼差し――。

「待ってください!」林原凜が抗議の声を上げた。「私は無実です。藍川さんを殺すなんて――」

山伏は彼女の涙を思い出した。あれはとても演技には見えなかった。

彼女の否定を受け、視線が錦野光一に移る。

「俺だって――」彼が動揺を見せながら答えた。「違いますよ。一人で寝ていただけで犯人にされたらたまらない」

獅子川正が「証明できますか?」と訊いた。

「……証明なんて、無理でしょ。眠ってるんだから」

「つまり、アリバイはないということですよね」

「それはあなたも同じでしょう?」

「僕は三人と一緒に寝てましたよ」

「四人同室だったから抜け出せない――なんてのは先入観だし、根拠はないでしょ。他の三人が寝静まっている隙に抜け出したかもしれない」

「一人で寝ていた錦野さんこそ、怪しいのでは?」

山伏は二人の口論に割って入った。

「もし殺人が人違いだったなら、林原さんから部屋の交換を聞かされていた錦野さんは容疑者から外れますよ」

「そうですよ!」錦野光一が語気を強めた。「部屋の交換を知らなかった人間こそ、怪しいでしょ!」

獅子川正が目を眇《すが》めた。

「その前提が思い違いだった可能性もあります。最初からターゲットは藍川さんだった――」

錦野光一が「は?」と怒りの籠もった声を漏らした。

「考えてみれば、『そして誰もいなくなった』を模して事前にわざわざ犯行を予告する意味はありません。そもそも、『そして誰もいなくなった』では遺体発見後にインディアン人形が消えていることに気づきます。人形の消失は犯行の既遂を意味するのであって、次の犠牲者の予告ではありません。予告してしまえば、当然警戒するでしょうし、狙うことが困難になります」

天童寺琉が「なるほど」とうなずいた。「つまり、本棚から林原さんの著作を消したのは、次の犠牲者が彼女だと思い込ませて、本当のターゲットを狙いやすくするため――ということですか」

「僕はそう思います」

「はあ？」錦野光一は不快そうに顔を歪めている。「俺を犯人に仕立て上げる結論ありきの妄想でしょ、それ。第一、林原さんの本が消えていることに誰よりも早く気づいて指摘したの、獅子川さん、あなたでしたよね？」

――これ、見てください！　林原さんの本だけ消えています！

獅子川正はたしかにそう言った。彼の指摘で全員が林原凜の著作の消失に気づいた。

「本の消失が藍川さんを狙いやすくするための小細工なら、それを公表したあなたが一番疑わしいでしょ」

獅子川正が戸惑いがちに首を横に振る。

「僕が犯人なら、自分で第一発見者にならず、誰かが気づくのを待ちますよ」

「誰も気づく気配がなかったから、自分で気づいたふりをしなきゃならなかった――とも推理できますよね」

二人が睨み合う姿を、山伏は困惑しながら眺めていた。

動機も手口も想像できない。

「疑い合うのはやめましょう」制止したのは林原凜だった。「無益ですよ、こんなの」

錦野光一が彼女の顔を見据える。

「……部外者みたいに振る舞ってるけどさ、林原さんこそ怪しいんじゃないか」

「私が？」

彼女が顔に困惑を滲ませた。

「俺は知ってるんだよ」錦野光一が彼女に人差し指を突きつけた。「部屋の鍵を抜き取ったのは、彼女だ！」

20

「何の冗談ですか、錦野さん」林原凜は彼の顔を見返した。「変な言いがかりはやめてください」

錦野光一は薄ら笑いを浮かべていた。

「言いがかり？」

「そうです。私はそんなことしていません。部屋の鍵を抜き取るなんて、自分の身の安全を捨てるようなものです」

「君が犯人なら危険はないよね」

「私は何もしていません。この状況下で鍵を掛けられなくするなんて、自殺行為です。誰がどんな悪意を持っているか分からないのに――」

「だから鍵を掛けてたんじゃないの？」

「え？」

錦野光一は振り返り、他の面々を眺め回した。

「林原さんが寝ていたゲストルーム、ドアの鍵がしっかり掛かっていたんですよ」

凛は目を見開いた。

山伏が「どういうことですか？」と訊いた。

「昨晩、彼女にちょっと話があって、ゲストルームを訪ねたんですよ。そうしたら――ドアに鍵が掛かっていたんです。ゲストルームの鍵も抜き取られていたはずなのに」

天童寺琉が顎を撫でながら進み出た。

「各部屋のロックはおそらく先端がネジ状になっていて、回せば簡単に抜き取ることができます。裏を返せば、同じように回せば戻せる――ということです」

「でしょうね」錦野光一がうなずいた。「消えたロックを持っている人物じゃないと、戻すことはできません。つまり、部屋のロックを抜き取ったのは林原さんだってことです」

全員が凛に驚きの眼差しを向けた。

「本当なんですか、それ……」

獅子川正が詰め寄る。

「それは――」

凛はリビングの隅へ視線を逃がした。

「どうなんですか」

安藤も厳しい口調で問い詰めた。

「私が鍵を掛けたのは――」凛は錦野光一に目を向けた。「錦野さんに身の危険を感じたからです」

彼が顔を顰めた。

「俺が――何？」

「私を狙ってましたよね？」

「俺が殺人犯だって？」

「……そうは言ってません。私が言っているのは、男女の、そういう意味の、狙う、です」

今度は錦野光一の目が泳ぐ。

「何を馬鹿な――」

「深夜に私の部屋を――ゲストルームを訪ねてきたのは、〝夜這い〟のためですよね？」

「言いがかりだよ、それは。事件のことで個人的に話があって、それで――」

「事件って何ですか」

「〝御津島磨朱李〟消失事件だよ、もちろん」

「御津島さんの事件の何を話すつもりだったんですか？　しかも、私にだけ」

「いや、それは――」

錦野光一が言いよどみ、そのまま沈黙した。言葉を探すようにまた視線をさ迷わせる。

「そもそもノックもせずいきなりノブを回している時点で、話をする気なんてないですよね？

錦野さんは私に言い寄っていました。冗談めかしていましたけど、本気でしたよね」

「誤解だよ、林原さん」

「錦野さんは、御津島さんが消えたことを事件だと思っていませんでしたよね。御津島さん流の、ミステリー作家としての悪戯の一種だと思っていたはずです。それなのに、事あるごとに皆の不安を煽るような発言をしてました。私を怯えさせたかったんでしょう？　私が怖がって錦野さんを頼るように――」

『犯人は――御津島さんに危害を加えた犯人がいるとしてだけど、まだ終わらせるつもりがないんだ』

鍵がなくなっている状況を全員で確認したとき、錦野光一はそうつぶやいた。

そして――。

『大丈夫だよ、俺と一緒なら』

不安を煽ってから肩を叩かれ、自信満々の顔でそう言われた。

見え見えの下心と手管だったから、苦笑を返した。

「矛盾する言動の数々は、危機の中で頼りになる男を演じるため――」

戸惑いを見せていた錦野光一だったが、ぐっと唇を嚙み、凜に顔を向けた。

「……あのさ、いい加減な被害妄想で話を逸らさないでくれるかな。今は君が全部屋のロックを抜き取ったことを問題にしてるんだよ」

凜は他の招待客たちを順番に見た。一身に注がれる嫌悪や疑惑の目――。

獅子川正が口を開いた。

「林原さんがロックを抜いた犯人なら、僕が見せられた犯行予告状も自分で用意したってことですね」

錦野が〝夜這い〟に来たと分かったのは、彼の今の暴露による結果で、さすがにそこまで予期して行動していたわけではなかった。自分が次の犠牲者になるかもしれない状況で、鍵を掛けないまま就寝することは恐ろしく、抜き取っておいたロックを戻して鍵を掛けたのだ。

〝犯人〟が殺害のためにやって来て、ゲストルームに鍵が掛かっていることを知っても、公表はしないと踏んでいた。夜中に女性の部屋をこっそり訪ねて侵入しようとするまっとうな理由などなく、公表した時点で〝犯人〟だと名乗り出るようなものだ。

だが、錦野は単なる下心でやって来ただけだったから、鍵が掛かっていた事実を公表した。

それは誤算だった。

仕返しの感情もあり、彼の下心と〝夜這い〟を暴露したが、追い詰められているのは自分のほうだった。

――もう隠し事はできないようだ。

凜は諦観のため息を漏らした。

「たしかに私は部屋のロックを抜き取りました」

山伏が「やっぱり……」とつぶやいた。

「でも、それは誰かを狙ったりするためではありません」

「他に理由なんてないでしょう?」

凜は首を横に振り、言った。

「……私は〝犯人〟を突き止めるために鍵を掛けられないようにしたんです」

凜は告白して全員の顔を見回した。

獅子川正が首を捻りながら、「どういう意味です？」と訊いた。誰もが続く言葉を待っている。

「順を追って話します。初日、本棚から私の著作が消えていたことで、次に狙われるのは私かもしれないと思いました。怖かったです。〝犯人〟を暴かなければ、自分の身が危ない——と」

一呼吸置くと、全員が黙ったまま続きを待っていた。

「御津島さんが叫び声を上げて忽然と消え、皆で捜し回っても見つかりませんでした。やっぱり隠し部屋があるとしか思えません。〝犯人〟は御津島さんを襲った後、隠し部屋に隠したんです」

獅子川正が反論した。

「〝御津島磨朱李〟が偽者のなりすましで、消失は自作自演だった可能性もありますよ」

「もちろんそうです。〝御津島磨朱李〟が偽者だとして、御津島邸で見つからないということは、隠し部屋に身を潜めているはずです。どちらにしても、隠し部屋を見つけることが重要です」

「……まあ、そうですね」

「そこで私は意味ありげな犯行予告状を作りました。獅子川さんの推測どおりです」

〝幼子の消失は隠し部屋を使ったトリックである。次なる犠牲者は口の軽い愚か者である。隠し部屋に次なる犠牲者が倒れているであろう……〟

「御津島邸に隠し部屋がある前提で、その隠し部屋の存在を知っている人間を装って、犯行予告状を書いたんです。それを皆さん一人一人に渡しました。部屋に一人でいるとき。トイレに入っているとき——。扉の下の隙間から差し入れました。獅子川さんだけは一人きりになってくれるタイミングがなかったので、私が受け取ったていで、犯行予告状を見せました。天童寺さんは盗作騒動の明らかな部外者なので、事件を起こす動機もありませんし、同じくタイミングがなくて渡していません」

「なぜ僕らにそんなものを？」

「〝犯人〟に行動を起こしてもらうためです」

「〝犯人〟に？」

「〝御津島磨朱李〟が自作自演で事件を演出したんだとしても、単独犯とは思えません。私たちの動きを把握できる〝共犯者〟が内部にいるはずです。私は〝犯人〟または〝共犯者〟に行動を起こさせたかったんです」

「……なるほど。あの犯行予告状の内容を見たら、隠し部屋で何かが起こっているかもしれない、と考えて、動くでしょうね」

「そうです。必ず気になって隠し部屋に様子を見に行くはず——と考えました」

「そこまでは理解できます。それでなぜロックを？」

凜は他の面々を見回した。

「隠し部屋があるとして、それは一体どこでしょう？」

錦野は眉を寄せた。

「どこって――」

「リビングやダイニングのような開けた場所に、秘密の扉があるとは考えにくいです。そんな目立つ場所に隠し部屋があったら、こっそり出入りできません。隠し部屋への出入り口を作るなら、利便性を重視するはずです」

「だろうね」

凜は廊下へ向かい、その先の書斎の扉を開けた。全員でついていく。

「パウダールームや、ここ――書斎が怪しいでしょうか。二階に隠し部屋は難しいでしょう。一畳程度の空間ならまだしも、人が動き回れるような部屋となると、二階では外観がいびつになって、不審がられます」

「そりゃそうだね」

「〝犯人〟または〝共犯者〟は全員が寝静まった後で動くと思いますが、部屋に鍵を掛けた状態で隠し部屋に移動されたら尻尾を摑めません。そこで私はどの部屋にも鍵を掛けられないようにしたんです。特定の部屋だけロックが奪われていたら、〝犯人〟に罠だと感づかれる恐れがあるので、全部屋のロックを取り外すしかありませんでした」

「……それで？」

「私はゲストルームの扉の前に座って、物音に注意していました。すると、深夜三時ごろのことです。扉が開け閉めされる音と、かすかな足音が耳に入りました」

凜はその人物の喉元を注視した。ごくりと音が聞こえそうなほど大きく喉仏が上下した。

「私はゲストルームをこっそり出ると、階段の上から様子を窺いました。人影はダイニングのほうへ消えました。私はしばらく待ってから、階段を下りました。錦野さんはリビングのソファで寝入っているようでした。〝夜這い〟に失敗してふて寝していたんでしょうか」

錦野光一が不愉快そうに顔を歪めた。

「人影は廊下を進んで、書斎へ消えました。私は書斎に近づき、扉に耳を当てました。すると、中からギーッと重い音がして、静まり返りました。私は一分ほど待ってから、思い切って中に入りました。ロックを奪っていなければ、内側から鍵を掛けられていたでしょうから中には入れません。作戦が功を奏したわけです」

そこまで語ってから、凜はヘリンボーンの床に視線を落とした。

「……私がロックを抜き取らなかったら、藍川さんは殺されずにすんだのに——」

凜は後悔を嚙み締めた後、ゆっくりと顔を上げた。

「何にしても、書斎は無人でした。デスクの陰も確認しましたが、誰も潜んでいませんでした。裏口の扉も内側から鍵が掛かっていました。密室の中で人影は忽然と消えていたんです。これは書斎に隠し部屋があることを意味しています」

天童寺琉が「人影の正体は分かっているんですか」と訊いた。

凜は一人の人物を睨みつけた。

「人影はあなたでした、安藤さん」

凛は仁徳社の編集者を名指しした。

21

山伏大悟は安藤の顔を見つめた。

御津島磨朱李の担当編集者が――？

「いや、僕は何も――」安藤が困惑顔で面々を見回した。「何かの間違いです」

林原凛がきっぱりと言った。

「見間違いじゃありません。ホールのフロアランプの仄明かりで人影の正体ははっきり見えました。深夜に書斎に忍び込んで、忽然と消えたのは安藤さんでした」

錦野光一が険しい顔つきで進み出た。

「話を聞かせてもらいましょうか、安藤さん。あなたは御津島さんの〝共犯者〟なんですか？　それとも、御津島さんを消した〝犯人〟なんですか？」

安藤は唇を引き結んだ。

「あなたは隠し部屋の存在を知っているんでしょう？」

錦野光一が追及すると、安藤は林原凛をひと睨みした。

「容疑者の言い逃れを信じるんですか？　彼女は全部屋のロックを取り外して、犯行予告状まで作っているんですよ」

「〝犯人〟を炙り出す罠でしょ」

「それを鵜呑みにするんですか？　錦野さんに犯行を見破られたから、苦し紛れに他の誰かを〝犯人〟に仕立て上げようとしているとは考えないんですか」

錦野光一が眉を顰める。

「……まあ、その可能性もないとは言いませんよ。でも、彼女の説明は筋が通ってますし、仮に言い逃れで話をでっち上げるなら、もう少し濁すんじゃないですか」

「濁す……？」

「人影の正体を特定しないとか。誰かは分からなかったって言えば、俺らもそれ以上追及できません。でも、彼女は安藤さんの名前を出しました。事実だからでは？」

「濡れ衣です」

口論を聞いているとき、山伏はふと思い出した。寝ぼけ眼で見た深夜の光景が蘇る。

「そういえば――」山伏は言った。「寝ているとき、シアタールームの扉が開く音がして、一瞬だけ意識が覚醒したんですよ。出て行く安藤さんの背中を見た気がします。うつらうつらしながら、トイレに目が覚めたのかな、と思ったんです」

錦野光一が薄笑みを浮かべた。

「客観的な証言が出てきましたね、安藤さん。もう言い逃れはできないんじゃないですか。それとも、林原さんと山伏さんがグルだって主張します？」

全員の目が安藤に突き刺さっている。

安藤が黙ったままでいると、錦野光一が書斎内を眺め回した。

「秘密の出入り口があるとしたら――定番は本棚扉ですかね」

山伏は四方の本棚を順に見た。

「本棚扉ですか……」

西側は造りつけの本棚のあいだに窓がある。本棚が動いたとしても、後ろに隠し部屋はないだろう。外への出入り口がある北側も同じだ。

そう考えると――。

山伏は南の本棚に近づいた。棚板に手のひらを添え、思いきり押してみた。

だが――本棚はびくともしなかった。

「……駄目ですね。秘密のスイッチがあるとか?」

林原凛が安藤に「どうなんですか」と訊いた。

安藤は答えようとしなかった。

「実は――」錦野光一がマントルピースに近づき、「この前、これを見つけたんです」とロンドンの街並みを描いた絵画に手を伸ばした。

彼が絵画を取り外すと、壁に隠し金庫が埋め込まれていた。

数人が「おおー」と感嘆の声を漏らした。

錦野光一が金庫に触れた。

「皆で御津島邸を調べ回っていたとき、たまたま発見したんです。絵画の裏の隠し金庫なんて、定番でしょう？　まさかね、と思いながら取り外してみたら、これがあったんです」

金庫の扉には数字の書かれたボタンが並んでいる。

獅子川は「暗証番号は分かるんですか」と訊いた。

錦野光一は顰めっ面を作った。

「分かりませんよ、もちろん。四桁なら総当たりで開けられますけど、数字を順に試していくのは面倒ですし、何より、御津島さんの金庫を勝手に開けるのはさすがにまずいと思って……」

林原凜がうなずいた。

「そうですね。状況が状況とはいえ、いくらなんでも金庫を開けてしまうのは問題があると思います」

天童寺琉が進み出た。

「開けられる前提の隠し金庫かもしれませんよ」

林原凜が「どうしてそう思います？」と訊いた。

「実は僕も見つけていたものがありまして」

天童寺琉がマントルピースに近づき、その横にある付柱《ピラスター》を撫でた。

「昨日、書斎を調べていたときに僕も発見したんですが……」

彼は付柱《ピラスター》の縁に指をかけ、引いた。すると、縦に溝が入った付柱《ピラスター》が開いた。縦長の隠し棚が現れる。

「それは――」

安藤は隠し棚を見つめた。チェスの駒が――クイーンがぽつんと置かれている。

天童寺琉はクイーンを取り上げた。

「一つだけのチェスの駒。意味ありげではないですか?」

彼が目を向けた先は――。

マントルピースの上に厚みがあるシェルフがあり、写真立てとチェスの駒が並んでいた。左からポーン、ルーク、ビショップ、キング、ナイトが置かれている。

「クイーンだけ、ありません」

天童寺琉は、並んでいる駒のあいだの不自然なスペースを指差した。

「実はこの五つのチェスの駒はシェルフに固定されているんです。両面テープなのか接着剤なのか分かりませんが」

山伏は「つまり?」と訊き返した。

「位置が変わらないようにしてある、ということです。ルークとビショップのあいだにクイーンを置いてください――と言いたげです」

天童寺琉はそのとおりにした。すると、電子音が鳴り、シェルフの下部がパカッと開いた。

「こんな仕掛けが――」

錦野光一が口をあんぐり開けた。

シェルフ型の隠し金庫には——開いたら見えるようにメモが貼りつけられており、横書きの文章があった。

〝暗証番号は犯人の苗字+被害者の苗字である。ヒント Shimomura は17〟

「暗号ですか……」

山伏は文章を見つめた。

「おそらく壁の金庫の暗証番号です」天童寺琉が答えた。「わざわざこのような文章を残してあるということは、僕らに解かせるつもりだったと思われます」

「御津島さんが?」

「そうでしょう。実はここまでは一人で確認していまして。昨日から暗号の解き方を考えていました」

「分かったんですか?」

「それほど難しい暗号ではありません。ヒントで、苗字をあえてアルファベット表記にしてあることが親切な手がかりでした。『Shimomura』が17になる計算は、アルファベットを数字に置き換えて足し算すればいいんです」

「数字に置き換え?」

「なるほど」錦野光一が割って入った。「ミステリーの初歩的な暗号ですね。Aは1、Bは2、Cは3、Dは4——という具合に順番に数字に割り当てると、『Shimomura』は19、8、9、13、15、13、21、18、1に置き換えられます。それを全て足したら117。下二桁が17です」

「はい」天童寺琉がうなずいた。「問題は犯人と被害者が誰か——ということです」

「簡単でしょ、そんなの。被害者は殺された藍川さんか、消えた御津島さんで、犯人は安藤さんですよ」

安藤が叫び立てた。

「僕は犯人ではありません！」

「暗証番号を打ち込んでみたら分かることでしょ」

安藤が無力感を噛み締めたような顔で首を横に振った。

錦野光一は手帳を取り出し、「『Ando』を数字に置き換えて……」とぶつぶつ漏らしながら計算した。「1、14、4、15を全部足したら34。『Aikawa』は1、9、11、1、23、1だから、46ですね」

彼は金庫の番号をプッシュし、『３４４６』と打ち込んだ。だが——金庫は開かなかった。

「被害者は御津島さんのほうですかね。アルファベットが多いので、全部足したら１３２。例文に倣えば下二桁は32です」

錦野光一は『３４３２』とプッシュした。

金庫は——開かなかった。

「駄目ですね」天童寺琉が言った。「僕らの苗字の総当たりで試す手もありますが、今は隠し部屋を先に確認しましょう。そうすれば、手がかりが得られるかもしれません。想像していることがあります」

錦野光一が安藤をねめつける。

「いい加減、素直に白状してほしいですね。隠し部屋に出入りする方法、知っているんでしょ」

安藤は下唇を噛むと、南の本棚へ目を投じた。

「……僕は犯人ではありません。担当編集者として、御津島さんから隠し部屋の存在を聞かされていて、知っていただけなんです。昨夜は犯行予告状を受け取って、様子を見に行ったんです」

「隠し部屋への入り方は？」

安藤は本棚に歩み寄り、「これです」と六段目の右端にある一冊の文庫本を指差した。

「実はこの文庫本はダミーでして。同じサイズの木の板に実際の文庫本のカバーを被せて、カムフラージュしてあるんです」

「それが鍵なんですか？」

「はい。これを傾けると――」

安藤はダミーの文庫本の頭に人差し指を添え、手前に傾けた。ガチャッと音が鳴った。

全員が互いに顔を見合わせた。

「これでロックが外れました」

安藤が隣の本棚に手を添え、ぐっと押し込んだ。重々しい音と共に本棚が動いた。

「これは――」

錦野光一は目を瞠っていた。

本棚が扉となって開き、隠し部屋が現れた。狭苦しい石張りの部屋で、アイアンの手摺りの先に地下への階段がある。

どうやら御津島磨朱李は生粋のミステリー作家らしく、自宅の書斎にとんでもない仕掛けを作っていたようだ。ミステリーの愛読者としてはロマンを感じる。

「どうぞ、先へ」

天童寺琉が促すと、安藤は不承不承という顔つきで隠し部屋に入り、階段を下りはじめた。安藤を残してしまったら、閉じ込められかねないからだろう。

天童寺琉は隠し部屋に踏み入ると、内側からロックのワイヤーを指で撫でた。

「内側からでも簡単に鍵が開くカラクリになっていますね。外からロックされても心配はありません」

天童寺琉が階段を下りはじめると、山伏も続いた。全員で地下へ下りる。

ヨーロッパの地下遺跡を思わせる石張りの廊下が延びており、仄明かりがたいまつのようにゆらゆら揺れるウォールランプが右側の壁に並んでいる。

御津島邸の下にこのような空間が存在していたとは――。

山伏は廊下をまじまじと眺めながら歩いた。奥に着くと、リビング並みの広さの空間に出た。

大型ミラーに鉄格子が嵌まっており、牢屋の先に自分たちが囚われているように見える。

そして――〝御津島磨朱李〟が重厚な王の椅子《キングチェア》に両手足を拘束され、頭《こうべ》を垂れていた。心臓部には中世ヨーロッパ風の刀剣が突き刺さっている。

「御津島さん……」

山伏は愕然とした。戦慄が背筋を這い上ってくる。

家主の〝御津島磨朱李〟が刺殺されていた。

誰もがその凄惨な光景に息を呑んでいた。

錦野光一が安藤を睨みつけた。

「あんたがこれを――？」

安藤は弱々しい表情でかぶりを振った。

「僕じゃありません。御津島先生から聞かされていた隠し部屋の存在を思い出して、昨晩、初めてやって来て――。そうしたら御津島先生のご遺体が……」

天童寺琉が御津島磨朱李の死体に近づき、体に触れた。瞳孔を確認した後、腕に触れる。

死後硬直の具合でも調べたのかもしれない。

「やはり、御津島さんの遺体がありましたか。断定はできませんが、死後二、三日でしょう。一週間も十日も経っていることはまずありません。室温が安定しているので、この見立ては外れていないと思います」

錦野光一が天童寺琉に話しかけた。

「叫び声がしたときに殺された――ってことですか」

「可能性はありますね」

「〝犯人〟は二階で御津島さんを殺害して、それからこの地下室へ運び込んで隠した――と？」

天童寺琉は釈然としないように顎先を撫でている。

「なぜ黙っていたんです？」錦野光一が安藤に訊いた。「御津島さんの遺体を発見して、俺らに黙っているなんて、あんたを疑うなというほうが無理でしょ」

「……起きたら藍川さんが殺害されていて、騒動になっていて、言いそびれたんです」

「言いわけじみてますね、それ。そもそも深夜にこっそり隠し部屋に入ってる時点で犯人でしょ。そうじゃなきゃ、御津島さんの遺体を見つけたらすぐに全員を起こして伝えるはずですよ」

「それは――」

安藤は視線を逃がし、黙り込んだ。

一定の室温に保たれているにもかかわらず、遺体を前にしているせいか肌寒さを覚えた。

沈黙が重苦しくのしかかってくる。

林原凜が口を開いた。

「結局、この御津島さんは本物だったんでしょうか。偽者だったんでしょうか」

錦野光一が答えた。

「どうだろうね。偽者だとしたら、誰になぜ殺されたのか。〝御津島磨朱李〟に成りすまして何を企んでいたのか。本人が殺されてしまった以上、俺らには何も分からないね」

天童寺琉は科学者が顕微鏡を覗くような眼差しで、地下室を歩き回りはじめた。

壁際には宝箱を模したボックスがあり、その上に数種類の陶器の壺が並んでいた。額縁に収められた絵画が何枚も重ねて壁に立てかけられている。

片隅には、書斎の本棚から消えていた御津島磨朱李の著作が山積みになっている。林原凜の著作もあった。

山伏は三十センチ四方の天井の吹き出し口を見た。一階や二階と温度が変わらないのは、地下室にも全館空調《セントラルヒーティング》が通っているからだろう。

「とりあえず……」錦野光一が言った。「〝被害者〟ははっきりしましたね。御津島さんです。後は〝犯人〟の苗字を数字化して入力したら金庫が開くはずです」

林原凜が緊張の絡みつく息を吐いた。

「私、もう上に戻ります。こんな場所にいたら恐怖に押し潰されそうです」

天童寺琉が宝箱形のボックスを撫でながら、「僕はもう少しここを調べてから戻ります」と言った。

山伏は林原凜に言った。

「それでは一緒に戻りましょう」

二人で通路に向かうと、錦野光一が「俺も」と追いかけてきた。安藤も無言でついてくる。

天童寺琉以外のメンバーが書斎へ戻った。

「じゃあ、金庫を開けますか」錦野光一が金庫に近づいた。「三桁目、四桁目は『Mitsushima』の『32』で確定ですね。〝御津島磨朱李〟が藍川さんより先に殺されていたなら、〝御津島磨朱李〟が設定したはずの暗証番号の〝被害者〟は当然彼女じゃないですからね。後は〝犯人〟の苗字ですけど……」

安藤が「僕は違いますよ」とすぐ否定した。「さっき、その暗証番号で開きませんでしたよね」

錦野光一は小さく舌打ちした。

「……まあ、順番にいきますか」

彼は〝犯人〟として『林原』と『山伏』、『天童寺』の苗字を数字に置き換えて入力した。『獅子川』の苗字を数字に置き換えたら三桁になるので、下の二桁を入力した。だが、開かなかった。

「おかしいな……」

錦野光一は老執事の苗字——『高部』を入力した。だが、結果は同じだった。

「駄目か……。一応、執事の人も」

彼が怪訝そうに首を捻った。

「……あなたがまだですよ」

口出ししたのは林原凜だった。

錦野光一が「は?」と振り返る。

「自分の名前も試してみるべきでは?」

「無意味だよ」

「それは試してから言ってください」

彼はうんざりしたようにため息をついた。

「俺の苗字は『108』で獅子川さんと同じだ。彼の苗字で開かなかったんだから、俺も同じだよ。犯人じゃない」

「たしかに――」

「だろ。108はもう試し済みだよ」

「まだ試してない名前は?」

「もうないよ」

山伏はふと思い出して言った。

「御津島さんのアルファベット、『Mitsu』じゃなく、『Otsu』じゃないんですか?」

錦野光一が「え?」と訊き返した。「どういう意味です?」

「ほら、御津島さんのペンネーム、本来は〝おつしま〟と読む――というエピソードがあったじゃないですか」

「……なるほど」錦野光一は再び手帳を使って計算した。「125だから25ですね」

〝被害者〟の苗字を25にし、〝犯人〟の苗字の数字を順番に入れ替えていく。

だが――。

「駄目ですね。全員無理です」

しばし沈黙が下りてきた。

そのときだった。

林原凜が入れ替わりで金庫に歩み寄り、「念のために……」と言いながら何かの数字を打ち込んだ。

その瞬間——。

電子音がして金庫が開いた。

錦野光一が「え！」と驚きの声を上げた。「どうして——」

驚いているのは林原凜も同じだったらしく、言葉をなくして金庫の前で立ち尽くしている。

「一体誰の名前を——」

林原凜が困惑の顔で振り返ったとき、隠し部屋から天童寺琉が出てきた。面々の様子を一瞥する。

「どうかしましたか」

山伏は彼に言った。

「金庫が……」

天童寺琉が壁の金庫に目を向けた。

「開いたんですか。苗字の総当たりで？」

林原凜が「はい」とうなずく。

「暗証番号は何だったんですか」

「……『4625』です」

錦野光一が首を傾げた。

「『46』ってたしか――」

「はい」林原凜が言った。「藍川さんです」

「……藍川さんが〝犯人〟？　だけど、それじゃ〝犯人〟がすでに殺されてることになるよ。最初に殺されたのが〝御津島磨朱李〟で、犯人が藍川さんで、その藍川さんも誰かに殺された――」

「そもそも、金庫の暗証番号を設定したのが御津島さんだとしたら、最初から自分が藍川さんに殺されることを承知していたことになってしまいます。それはおかしいのでは？　殺されると分かっていたら警戒するはずです」

一体どういうことなのか。

錦野光一は怪訝な顔をしながら金庫に手を突っ込み、革袋を取り出した。

「暗証番号解読の報酬は――何かな」

彼が革袋の口を開け、中から出したのは――。

スマートフォンだった。

「私の……」

林原凜がつぶやいた。

「全員分あるね」

錦野光一は革袋から他のスマートフォンを取り出し、報酬のように掲げてみせた。

山伏は自分のスマートフォンを受け取った。

「これで外部との連絡が可能になりますね」山伏は天童寺琉を見た。「それにしてもなぜ藍川さんが〝犯人〟なんでしょう。何か分かりますか」

天童寺琉は、少しのあいだ黙ったまま顎を撫でた。書斎の出入り口へ向かい、老執事を呼び寄せる。

「いかがいたしましたか」

美々の面倒をみていた老執事がやって来ると、天童寺琉が彼の耳元に何事かを囁いた。老執事が目を剝く。

「……本当でございますか」

声に動揺が混じっている。

「はい。ですからお願いします」

老執事は書斎を去った。

「何を伝えたんです？」

山伏は天童寺琉に訊いた。

「すぐに分かります。少しお待ちください」

錦野光一と林原凜が顔を見合わせた。

何の指示だったのか、何も分からないまま数分待った。やがて廊下から足音が近づいてきた。老執事が戻ってきたのだと思った。

だが――。
書斎に現れたのは、殺されたはずの藍川奈那子だった。

22
「これは一体――」

林原凜は目の前の光景が信じられず、そうつぶやくのが精いっぱいだった。

藍川奈那子が小さくお辞儀をした。

獅子川正が表情に当惑を浮かべながら訊いた。

「藍川さんは殺されたんじゃ……」

天童寺琉はそれには答えず、彼女の前まで歩を進め、隠し部屋が発覚して〝御津島磨朱李〟の遺体が地下室で見つかった経緯を説明した。彼女は「御津島先生が……」とつぶやいたきり、黙り込んだ。

錦野光一が焦《じ》れたように「俺らにも説明を」と急かした。

天童寺琉が凜たちを振り返った。申しわけなさそうな顔をしている。

「林原さんが犯人を特定するために細工を弄したように、実は僕も同じことをしたんです」

「まさか……」

「はい。藍川さんに殺されたふりをしてもらいました。屋根裏を調べたとき、錦野さんがおっしゃった話がヒントになったんです」

錦野光一が「俺の？」と訊き返した。

「推理小説の定番トリックを教えてくださったでしょう？　それを応用させていただきました」

そのときの台詞が記憶に蘇る。

『浴室を覗き込んだ人物が「こっちにも誰もいませんでした」と報告するんですけど、実はその時点で浴槽に被害者が隠されていて、消失したように見せかける――とか』

「……なるほど」錦野光一が言った。「第一発見者が自分一人で被害者の死を宣告したら、生存を疑うべきでしたね」

遺体が発見されたとき、医学に明るい人物が『誰も触るな！』と一喝して死を確認するが、実はその時点では被害者がまだ生きていて――睡眠薬で眠っているだけとか――、全員が去った後で今度は本当に殺害してアリバイを偽装する、というようなトリックは古典的だ。

山伏が苦笑した。

「実際、殺人被害者を目の当たりにしたら、自分でも遺体に触れて生死を確認するなんて、思いつかないものですね」

天童寺琉が続けた。

「危機感を生み出すことで、自白を促したんです。〝犯人〟以外の人間が別の目的で動いていることは明白だったので、目の前で〝殺人〟が起これば名乗り出てくれると思ったんです」

藍川奈那子が殺されたことで錦野光一は不安に陥り、今まで黙っていた事実――ゲストルームの鍵が掛かっていたこと――を暴露した。

全ては天童寺琉の手のひらの上だったということか。

「すみません」天童寺琉は謝りながら、ポケットからモジュラーケーブルを取り出した。「藍川さんの殺害が偽装でしたので、通報されるわけにはいきませんでした。それで、固定電話を一時的に使えなくさせていただきました」

藍川奈那子の死は偽装で、モジュラーケーブルは天童寺琉が外していた。

となると――。

「問題は〝御津島磨朱李〟殺害の〝犯人〟だけですね」山伏が言った。「一時的に美々ちゃんを消した人間と同一人物でしょうか？」

凜は覚悟を決めて口を開いた。

「私です」

「え？」

「……美々ちゃんを隠したのは私です」

藍川奈那子が凜を睨みつけた。

「……林原さんが？」

凜は罪悪感を覚えながら答えた。

「すみません。危害を加えるつもりはなかったんです。全ては〝犯人〟に隠し部屋を知っていいる人物がいると思わせるためだったんです」

「どういうことですか？」

「先ほども説明したように、次の標的が私かもしれない、って話になったとき、何とかして〝犯人〟を突き止めないと殺されると思いました。そこで犯行予告状を作って〝犯人〟に隠し部屋に案内させる方法を閃きました。でも、ただ単に『隠し部屋の存在を知っている』と書いたところで、根拠はないですし、カマをかけているだけだと見破られてしまいます。本当に隠し部屋の存在を知っている第三者が犯行予告状を書いたと思わせる必要があったんです」

「だから美々を――」

「御津島邸をくまなく捜しても美々ちゃんが見つからなければ、隠し部屋を使ったトリックとしか思えないはずです。隠し部屋の存在を知っているのは自分一人と信じている〝犯人〟は焦るはずです」

錦野光一が凜に訊いた。

「林原さんは隠し部屋の存在を知らなかったのに、どこに美々ちゃんを隠したの？」

藍川奈那子が「私も知りたいです」と言った。「娘は安全な場所にいたんですか？」

凜は「ついて来てください」と踵を返した。書斎を出ると、廊下にあるパウダールームの扉を開けた。

「私はここに美々ちゃんを隠していました」

錦野光一が「ここ？」と眉を寄せた。「でも、林原さんがドライヤーを使っていたとき、俺らは調べたよね。浴室も見たし、バスタブの中も確認したし、隣のランドリーも――」

「あのとき、美々ちゃんはここにいたんです」

「隠せる場所なんて、ないでしょ」

「これです」

凜は、壁際に寄せられているボックスソファ――座面が長方形で、赤いベルベット生地に宝石のような鋲《びょう》が一定間隔で打たれている――に視線を向けた。

「実はこれ――」

凜はボックスソファに手を添え、持ち上げた。ベルベット生地の上蓋が開いた。

「収納ボックスを兼ねているんです」

中は空洞で、ちょうど子供一人が体を折り曲げて隠れられるようなサイズになっている。

全員が啞然としていた。

「ボックスソファの中には、予備のタオル類がたくさん納められていました。私はそれを取り出して、代わりに美々ちゃんを隠したんです」

ランドリーにあるキャビネット風のチェストの上には、ボックスソファから取り出したタオル類が山積みになっている。

山伏が言った。

「そういえば、御津島さんの案内でランドリーを拝見したときは、そこにタオルなんかはありませんでしたね」

「やられたよ」錦野光一が呆れ顔でかぶりを振った。「俺らがここを開けたとき、林原さんはボックスソファに座って濡れた髪を乾かしてたね。汗が気持ち悪くて洗髪したっていうのは、嘘だったわけだ。洗った髪を乾かしているなんて言われたら、男の心理として、長居することに後ろめたさを感じるし、室内をそこまで徹底的に捜したりはしないからね。たまたま美々ちゃんが眠ったから、そのトリックを思いついたわけ？」

「それは――」

凜は思わず視線を逸らした。

「まさか全部仕組んだ？」

「……私、少し不眠症で、睡眠薬を携帯しているんです。それを使って眠らせたんです」

――ジュース飲みたい！

美々がそう言うと、老執事が「かしこまりました」と応じた。それを好機だと考えた。「私も手伝います」と申し出て、リンゴジュースに睡眠薬を混ぜた。それを美々に手渡した。

美々が眠たさを訴えると、二階のベッドに連れていかれないよう、先手を打って、リビングのソファで横になるように促した。後は藍川奈那子がその場を離れるタイミングを待つだけだった。彼女が娘に付きっきりだったら、何かしら口実を設けて、彼女を引き離すつもりだった。

幸い彼女がトイレに行くため、二階へ上がり、天童寺琉もトイレへ消えた。その隙に美々を抱きかかえ、パウダールームのボックスソファに隠した。洗髪を装ってドライヤーを使った理由は、錦野光一の解釈の他にもあった。パウダールームを離れられない状況を作るためだ。

美々を隠しているボックスソファを放置することに不安があったのだ。

何より、ドライヤーを使っていたら、美々の寝息や寝言が漏れたとしても激しい送風音で掻き消せる。

天童寺琉が嘆息交じりに言った。

「他者に睡眠薬を飲ませるのは傷害罪になることもあります。とくに小児の薬の服用には思わぬ副作用など危険が伴います。取り返しのつかないことになる可能性もあったんですよ」

凜ははっとした。

非日常的な状況下で平静さを欠いていた。普段ならそのような行為はしなかっただろう。

「すみません……」

頭を下げたものの、藍川奈那子は何も答えなかった。薄桃色の唇を引き結んでいる。

気まずい沈黙が降りてくる。

それを破ったのは錦野光一だった。

「藍川さんに確認したいことがあります」

彼女は錦野光一に顔を向けた。

「……何でしょう？」

「ちょっと書斎へ」

錦野光一の後について全員で書斎へ戻った。彼はシェルフの隠し金庫の中に貼られたメモを指差した。

「これです。おそらく御津島さんが残した文章でしょう。被害者の苗字は御津島さんで、〝犯人〟の苗字は藍川さん、あなたでした」

彼女は当惑を見せた。

「……私には何のことか」

「意味もなく藍川さんを〝犯人〟にしないのでは？」

「そう言われても、心当たりがありません。私が、尊敬する御津島先生を殺したりするはずがありません。それだったら、隠し部屋の存在を一人だけ知っていた安藤さんこそ、一番怪しいじゃないですか」

矛先が向いた安藤が反論した。

「……二階から御津島先生の叫び声がしたとき、一人きりでマスターベッドルームにいた錦野さんが一番の容疑者のはずです」

「何で俺が――」

錦野光一が怒鳴り返しそうになったとき、天童寺琉が緩やかに首を横に振った。

「いえ、錦野さんは御津島さんを殺していないでしょう」

安藤が「なぜ決めつけられるんです？」と反発した。

「隠し金庫の存在に気づいていながら、開錠に挑戦しなかったからです」

「いや、だからそれは四桁の数字を全部入れていくのが面倒だったからでしょう？　錦野さん自身がそう言ったじゃないですか」

「重要なのはその後の台詞です。先ほど錦野さんはこう言いました。『御津島さんの金庫を勝手に開けるのはさすがにまずいと思って……』と」

「だから何です？　普通の心理だと思いますが……」

「それは御津島さんが生きていたら――の話です。錦野さんは御津島さんが生きている可能性を信じていたからこそ、勝手に開けて怒られる事態を恐れたんです」

安藤が「あっ――」と声を漏らした。

「そうです、錦野さんが御津島さんを殺害した犯人なら、金庫の開錠に挑戦することをためらう理由がないんです。総当たりで金庫を開けて、中身を確認したはずです」

「……でも、確認しなかったとは言えないですよね？　実際にはもう金庫の中を確認して、預けたスマホだったからとりあえず元に戻して素知らぬ顔をしていた可能性もあります」

「はあ？」錦野光一が眉間に皺を刻んだ。「そんなことして何の意味があるんです？」

「知りませんよ、僕は」

「第一、犯行時刻のアリバイの話なら、安藤さんこそ、ここ、書斎で一人でしたよね」

「……僕は御津島先生に頼まれて電話番をしていました。御津島先生が二階で叫び声を上げたとき、他社編集部からの電話に応じていたんです」

「それだって事実かどうか」

「事実です」

言い争いが激しくなったとき、電話のコール音が鳴り響いた。

全員が書斎の奥に顔を向けた。アイアン製の電話台の上にある固定電話が鳴っている。

錦野光一が固定電話に向かおうとしたとき、天童寺琉が腕で制止した。

「何を――」

天童寺琉が安藤に顔を向けた。

「どうぞ、取ってください。御津島さんから電話番を任されていたんでしょう？　犯行時刻に出版社と電話で話していたときと同じように、出てみてください」

「は、はあ……」

安藤はためらいがちに固定電話に近づき、受話器を取り上げた。

「もしもし……」

慎重に話しかける。

天童寺琉がスマートフォンを耳に当てた。

「もしもし？」

安藤が受話器を耳から離し、天童寺琉を見やる。

「一体何を――」

「僕の声は聞こえますか？」

安藤が改めて受話器を耳に当てると、天童寺琉が「もしもし」と話しかけた。

そのまま何秒か沈黙があった。

安藤が困惑顔で彼を見る。

「何も聞こえませんよ……」

「それは変ですね。僕はデスクの引き出しにあった御津島さんの名刺を見てご自宅に電話しました。実際に電話は鳴りました。それなのに、通じていません」

「僕にそんなことを言われても――」

「では、少し実験をしてみましょう。電話を切ってください」

安藤は当惑を浮かべたまま受話器をフックに戻した。再び天童寺琉が電話を鳴らした。

「今度は受話器を取ってすぐフックに戻して、もう一度取り上げてみてください」

「そんなことをして何の意味が――」

「まあ、騙《だま》されたと思って」

安藤は眉間に深い皺を刻んだまま、言われたとおりにした。

「こんなことしても電話が切れるだけで何の意味も――」

天童寺琉が「もしもし。どうですか」とスマートフォンに話しかけた。受話器を耳に当てている安藤の表情が一変した。目に強い困惑が表れる。

「聞こえます……」

天童寺琉がにやりと笑みをこぼした。

「やはりそうですか」

「これは一体どういう――」

「この電話機は国内製品ではありません。同種の電話機に関してスマホで検索したところ、

『電話は鳴っても取ったら声が聞こえない』『電話機として使えない』というレビューが書き込まれていました。しかし、商品説明欄には、電話として使えます、と書かれています。つまり、普通とは違う仕様になっているんです」

錦野光一が「それが今のやり方ですか?」と尋ねた。

「僕が引っかかったのは、錦野さんの話でした」

「俺の?」

「はい。錦野さんは、御津島さんがタクシー会社からの電話を切ってから話しているふりをした、と言いました。実は切ったのではなく、そうしなければ通じなかったんです」

「でも、なぜそんな突拍子もない発想が……」

「もう一度電話がかかってこなかったからです」

「どういう意味ですか」

「タクシー会社から電話がかかってきて都合が悪かった御津島さんは、受話器をフックに戻して切ってから話しているふりをした――。もしそんな行動をしたとしたら、タクシー会社がもう一度電話してくるはずなんです。御津島邸に電話して吹雪で迎えが困難だと伝えようとしたら、なぜか電話が切れてしまった。そうなったら何かの手違いで掛け損ねたか、相手が取り損ねたと考えて、もう一度電話するはずです。掛け直したら御津島さんが受話器を持ち上げていて話し中だった可能性もありますが、そうだとしても、しばらく時間を置いてからまた掛け直すはずです。ずいぶん懇意にしていて、迎えのために待機までしてくれていたタクシー会社なんでしょう?　せめて吹雪のあいだは動けないことを了承してもらわなければ、いつまでも仕事を終えられません」

「たしかに……」

「実際はもう電話はかかってきませんでした。つまり、錦野さんの証言が嘘か、それとも電話を切る動作に何か意味があったのか。二つに一つです。そう考えたとき、電話機の仕様に気づいたんです」

凜は天童寺琉を見た。

「電話機の使い方は分かりました。でもそれが何か重要なんですか?」

天童寺琉はわずかに口元を緩めた。

「安藤さんは電話の出方を知らなかったじゃないですか」

一瞬遅れてその意味に気づいた。

天童寺琉が安藤に視線を移した。

「本当に電話を受けていたとしたら、当然、電話の出方は知っているはずですよね」

安藤の瞳に動揺がちらついていた。

「それは――」

「しかし、あなたは僕が教えるまで電話の仕様を知りませんでした。それは電話を受けていたという話が――あなたが主張するアリバイが嘘だということです。なぜそんな嘘をついたのか、その理由は想像に難くないですね」

非難の眼差しを一身に受けた安藤は、声を震わせながら反論した。

「待ってください。僕は犯人ではありません。たしかに電話を受けていたという話は嘘でした。でもそれは、疑われることが怖かったからです。書斎に一人きりだった僕にはアリバイがありません。御津島さんに危害を加えた犯人にされたくなくて、とっさにそんな愚かな嘘をついてしまったんです」

天童寺琉が残念そうにかぶりを振った。

「いいえ、それはあり得ません」

「なぜ?」

「皆さんは、御津島さんを捜し回った後、ダイニングの固定電話のモジュラーケーブルが抜かれていたことを覚えていますか?」

——〝クローズド・サークル〟だと、電話線の切断は外部との連絡手段の遮断として定番ですけど……これは抜かれているだけですよね? 一体何の意味が……。

——分かりません。分かっているのは、いつの間にかダイニングの電話線が抜かれていた事実だけです。だから書斎で電話が鳴ってもダイニングでは鳴らなかったんですね。

数人が「はい」と答えた。

「それは安藤さんの仕業です。犯行時刻、電話を受けていないのに受けていることにする、と決めた時点で、あらかじめダイニングの固定電話のモジュラーケーブルを——おそらく、マスターベッドルームの固定電話も同じだったでしょう——抜いておいたんです。書斎の電話だけが鳴る状況を作り上げておくことで、他の部屋で電話が鳴っていなくても書斎では鳴ったから電話に出ていた――というアリバイを主張するために」

　全員の目が安藤に向いた。

「つまり、あなたは御津島さんが叫び声を上げるより前に、他の部屋の固定電話のモジュラーケーブルを抜いているんです。叫び声の後で電話のアリバイトリックを思いついたなら、モジュラーケーブルを抜く細工はできなかったはずです」

　安藤は唖然と立ち尽くしていた。

「……し、しかし！　犯行は二階で行われたはずです。書斎にいた僕は犯行現場から一番遠い場所にいました。物理的に犯行は不可能です。それとも、僕が御津島邸の外に出て、ロープでも使って二階へこっそり上がったとでも？」

　天童寺琉の眼差しは冷徹だった。

「逆なんですよ。御津島さんを殺害した犯人は、地下室に一番近い場所にいた人物です」

「ま、待ってください。それではまるで地下室が――」

「そうです」天童寺琉がきっぱりとうなずいた。「地下室こそが御津島さん殺害の犯行現場だったんです」

23

錦野光一は天童寺琉を見た。

「犯行現場が地下室――？」

「そうです」天童寺琉がうなずいた。「御津島さんは地下室で、おそらくキングチェアに拘束された状態で殺されたんです」

「じゃあ、俺たちが聞いた叫び声は、御津島さんの絶叫をあらかじめテープに録音でもして、それを流したと？」

「いくらなんでもそんな」林原凜が口を挟んだ。「それが難しいことは話し合ったはずです。何より、錦野さんは叫び声が屋根裏から聞こえたって言いましたよね。その問題も気になります」

錦野は天童寺琉に顔を戻した。

「叫び声は天童寺さんも聞きましたよね？　あれは――」

「今から少し実験してみましょう」

天童寺琉は再び老執事を呼び、何事かを耳打ちした。老執事はうなずき、地下室へと続く隠し扉の向こうに姿を消した。

「では、僕らはリビングへ」

彼に付き従って全員でリビングルームへ移動した。安藤の顔色は心なしか土気色になっている。

「ここで一体何が――」

獅子川正が当惑した様子で訊いた。

「まあまあ。慌てずに」天童寺琉は腕時計で時刻を確認した。「そろそろですね」

彼が人差し指を唇に添え、沈黙が降りてきたときだった。叫び声が聞こえ、全員の視線が天井を向いた。

「今のは――」

錦野は面々の顔を眺め回した。

「執事の方の声でした」藍川奈那子が言った。「二階から聞こえました。地下室に下りたはずじゃ――」

天童寺琉がにやりと笑い、「地下室を見に行きましょう」と廊下へ向かった。

全員で書斎に戻って隠し部屋に入り、階段を下りた。地下室へ移動すると、御津島磨朱李の死体の隣に老執事が立っていた。

「いつの間に――」

錦野は啞然としながらその様子を眺めた。

二階から叫び声が聞こえ、すぐ地下室へ移動した。それなのに老執事がもうここに立っている。まるで同じ人物が二人存在しているかのように――。

天童寺琉が老執事に話しかけた。

「遺体と二人きりにしてしまって、申しわけありませんでした。実験のために必要なことだったんです」

林原凜が急いたように言った。

「これはどういうことなんですか？　一瞬で地下室と二階を行き来したんですか？」

天童寺琉は「いいえ」とかぶりを振った。「執事の方はずっと地下室にいましたよ」

「え？　でも、叫び声は二階から——」

「その秘密はあれです」

天童寺琉は天井を見上げた。彼の目線の先には——全館空調の吹き出し口があった。

「屋根裏を調べたとき、黒い大蛇のようなダクトが這い回っているのを見ました。全館空調は全ての部屋の室温を一定に保てるのがメリットで、屋根裏の空調システムから各部屋に延びたダクトを通して、空気を送り込んでいるらしいですね」

「何となく分かります」

「つまり、各部屋の天井にある吹き出し口はダクトによって繋がっているということです」

錦野ははっとした。

「お気づきになりましたか。地下室で上げた叫び声は、ダクトを通して各部屋に届いたんです」

「俺がマスターベッドルームで上から叫び声を聞いたのも——」

「そうです。地下室で絶叫した御津島さんの声は、全館空調のダクトを通して全ての部屋に届きました。リビングとマスターベッドルームで聞こえた声の大きさの違いの謎も、それで説明できます。叫び声の発生場所が地下室だったので、一階より二階のほうが小さく聞こえるのは至極当然です」

「ここが犯行現場ということは——」

林原凜がつぶやくように言いつつ、安藤に目を向けた。

「はい」天童寺琉が言った。「必然的に、犯行時刻にたった一人で書斎にいた安藤さんが犯人です」

安藤が下唇を嚙み締めた。

「犯行の手順はこうです。安藤さんは、書斎で一人きりになった御津島さんを訪ね、言葉巧みに説得して一緒に地下室へ向かい、そこで襲いかかって彼を拘束します。その後、タイミングを見て、御津島さんを刺殺します。その際の叫び声が全部屋の天井——全館空調の吹き出し口から聞こえます。僕らは慌てて二階へ駆け上がりました。当然、御津島さんの姿はありません。犯行を終えた安藤さんは、隠し部屋から書斎に戻って本棚扉を直し、僕らがやって来るのを待っていたわけです」

天童寺琉はどうですかと言わんばかりに両腕を開いた。

「これが〝御津島磨朱李〟消失のトリックです」

安藤はもう言いわけすらしなかった。黙り込んだまま、視線を外している。

毒々しい血の色で書かれた文字が記憶に蘇る。

『御津島磨朱李が暴露する盗作作品を知りたければ、マスターベッドルームを調べろ』

御津島磨朱李の声が天井から聞こえて、全員が二階へ駆けつけると知っていたから、思わせぶりなメモでマスターベッドルームへ誘導したのだろう。二階を犯行現場だと誤認させ、容疑者に仕立て上げるために。

錦野はメモの話をそのときの状況とともに告白した。

「もちろん、俺も盗作した覚えはありませんよ。でも、意味深なメモだったので、気になって調べたんです。まさかそれが罠だったとは思いもせず……」

山伏が戸惑いがちに口を挟んだ。

「しかし、担当編集者がなぜ……。そんなトリックまで弄して御津島さんを殺害するなんて」

安藤は下を向いている。

天童寺琉が彼を見ながら言った。

「おっしゃるとおり、原稿のやり取りをしているだけの担当編集者と作家のあいだに殺人の動機が生まれるとは考えにくいです」

「ではなぜ……」

「核心に入る前に一つ」天童寺琉が人差し指を立てた。「僕らは〝御津島磨朱李〟が本物なのか偽者なのか、という問題を論じました。そもそも、どうして御津島さんを疑ったのか、覚えていますか？」

錦野は彼を見返し、答えた。

「安藤さんとのやり取りに不自然さがあったからですよ」

――編集者としても、自分の担当作が取り上げられると嬉しいものだね。

御津島磨朱李がそう言うと、安藤は怪訝そうな顔で『獅子川さんの担当は僕ではありませんよ』と答えた。

――ああ、そうだったか。すまんすまん、前にそう聞いた気がして勘違いしていた。別の作家と間違えていたかもしれん。

――ボケるような年齢でもないんだがね。

「はい」天童寺琉が言った。「安藤さんとの会話が引っかかっていた僕が疑問を口にして、全員で話し合いました。覆面作家〝御津島磨朱李〟の顔はもちろん、声すら誰も知らない。なりすますなら恰好の人物です」

「推理小説の定番のパターンですよ」

「しかし、結局のところ、僕らには本物なのか偽者なのか、判断することはできませんでした」

「誰も本物を知らないんだから、そもそも、あれこれ推測したところで答え合わせができませんしね」

天童寺琉は一呼吸置き、低く抑えた声で言った。

「僕たちは大きな思い違いをしていたんです」

「何がです？」

「逆だったんですよ」

「逆？」

天童寺琉は安藤に視線を移した。

「……偽者は御津島さんのほうではなく、編集者の安藤さんのほうだったんです」

24

林原凜は安藤の顔を見つめた。

「安藤さんのほうが偽者――？」

天童寺琉が「そうです」とうなずいた。「僕らは〝御津島磨朱李〟が本物か偽者か悩み続けてきました。それが間違いだったんです」

安藤がかぶりを振った。

「一体何を言い出すんですか、天童寺さん」

「安藤さん――正体が分からないので、今は〝安藤さん〟と呼ばせてもらいますが、あなたは仁徳社の担当編集者になりすました第三者です。だからこそ、御津島さんとの会話が食い違ったんです」

「馬鹿なことを言わないでください。僕は正真正銘、仁徳社の安藤です」

天童寺琉は面々を見回した。

「今までに安藤さんとお会いになったことがある方はいますか?」

全員が顔を見合わせ、静かに首を横に振った。

「そういえば――」錦野光一が言った。「俺らが御津島さんにスマホを預けたとき、安藤さんが結構抵抗したんですよね。担当作家から急を要する連絡があるかもしれない、ってもっともらしい理由を口にしてましたけど、編集者にしてはやけに食い下がるな、って」

天童寺琉が答えた。

「スマホはもちろん本物の安藤さんのものではなく、自分のものなので、それを手放すことにためらいがあったんでしょう」

疑念の籠もった眼差しが一斉に安藤に向く。

錦野光一が問い詰めるように言った。

「スマホ、見せられますか?」

安藤は一歩後退した。

「……プライバシーですから」

「本人だったら、ちょっと確認させるくらいはできるでしょう?」

「スマホは見せられません」

今度は錦野光一が一歩踏み出した。

「強引に確認してもいいんですよ」

「それは——」

「素直に渡すべきじゃないですか」

「まあまあ」天童寺琉が割って入った。「そういきり立たずに」

「しかし——」

「安藤さんが本物かどうか、確認することは簡単にできます。僕らは自分たちのスマホを取り返したんですから」

25

仁徳社編集部に泊まり込んでゲラに赤を入れていたとき、デスクの電話が鳴った。

こんなに朝早くから一体何だろう、といぶかしみながら、安藤友樹は受話器を取り上げた。

「はい、仁徳社編集部、文芸第二です」

聞こえてきたのは、比較的若い男性の声だった。

「探偵をしている天童寺と申します。編集者の安藤さんはいらっしゃいますか？」

探偵——？

安藤は首を捻りながら答えた。

「僕が安藤です」

「御津島磨朱李さんの担当編集者の？」

「……はい」

「実は御津島邸に招待されまして。今、御津島邸から僕のスマホで電話しています」

「御津島先生のお宅から……？」

「はい。他にもミステリー作家や文芸評論家の方が招待されていまして。あ、今、スマホをスピーカーにしています」

天童寺の語った話はとても信じられないものだった。森の奥にある御津島邸に招待されて客が集まった場で、御津島磨朱李の叫び声が響き渡ったという。だが、本人の姿は見つからなかった。吹雪に閉ざされた館で二晩過ごした後、三日目の今日、隠し部屋の地下室を発見した。そこに御津島磨朱李の刺殺体があった。

「本当に御津島先生が――その、亡くなられたんですか？」

「残念ながら」天童寺が悔恨の滲む声で言った。「僕がトリックを見破り、犯人を突き止めました。その犯人は仁徳社の担当編集者、安藤さんでした」

「え？」

天童寺が口にした言葉の意味が理解できなかった。

「ええと――僕が？」

「正確には仁徳社の担当編集者の安藤友樹を名乗っている人物――です」

「一体何がどうなっているのか……。僕はずっと仁徳社と自宅を往復する毎日で、御津島邸に伺ったことはありません」

「御津島さんから招待は受けていないんですか？」

「それは——」

——安藤君には共犯者になってほしくてね。

十日ほど前、御津島磨朱李からメールでそう言われた。

共犯者とは一体何なのか。メールで真意を尋ねても、『それは時期が来たら明かすよ』と言われただけだった。一体何の共犯者になればいいのか。何かを手伝えということなのか。時期とはいつなのか。結局、それきり連絡はなかった。

安藤は迷ったすえ、その話を天童寺に伝えた。

「なるほど、どうやら御津島さんは安藤さんの協力のもとで何かしらイベントでも企画していたのかもしれませんね。それを逆手に取られて殺されるはめになった——。さて、ここからが本題なのですが、偽の安藤さんは本物の招待状を持っていました。つまり、あなたに送られたものだと考えられます。それをあなたから奪ったか盗んだかしたのだと思ったのですが、あなたは招待はされていないと言いました。つまり、招待状はあなたの手に渡る前に奪われたのです。心当たりはありませんか」

安藤は記憶を探り、はっとした。

「……実は原稿が届いていません」

「原稿？」

「御津島先生が取り組まれていた新作です」

『次の作品は私の勝負作でね。企みに満ちたアイデアで、作家としての集大成になるだろう』

御津島磨朱李はメールでそう言った。作品については、『今はまだ教えられない。第一稿を執筆したら原稿を送るよ』と言われた。進捗状況は定期的に報告メールを受けていたが、原稿は約束の期日になっても届かなかった。

「本当は十日前に原稿が送られてくるはずでした」

「届くはずの原稿が届かなかった。それはつまり、第三者に奪われたことを意味しています」

「まさか、そんな……」

それ以上言葉を何も返せずにいると、壮年の男性の声が割り込んできた。

「横から失礼。初めまして。文芸評論家の山伏大悟です」

「あ、お世話になっております。安藤と申します」

「御津島邸に現れた偽者の安藤さんは、御津島さんの原稿は受け取っていると言っていたんです。原稿の内容も知っているようでした」

「そうなんです」天童寺が言った。「出版社に届けられた原稿が奪われる可能性はありますか？」

「先生方からいただいた原稿は大事にお預かりしています。奪われるようなことは――」

「もちろんそうだと思います。可能性の話です。誰かに悪意があればどのような手段が考えられますか。重要なことなんです」

「悪意と言われましても――」

「質問を変えましょう。出版社に届けられた原稿などは、どのように編集者のもとに？」

「……総務部で受け取り仕分けされてから、編集部に届けられます。編集者が直接受け取りに行く出版社もあると思いますが、弊社の場合は、仕分けの担当者が編集部まで届けてくれます」

「届けられた原稿は編集者のデスクに？」

「はい、置かれています」

「編集者がデスクを離れていても？」

「……はい」

打ち合わせや取材で社を離れ、長時間戻らないこともある。編集部では、届け物がデスクに置きっぱなしになっていることも珍しくない。

「その隙に原稿を盗むことは可能ですね」

「編集部が無人になっていることはありません。原稿を盗むなんて、そんな……」

「出入りしていても不審がられない人間はいるはずですよね？」

「それはまあ……」

「たとえば？」

「清掃の人や社内の人間、あとは打ち合わせなどで編集部を訪れた作家先生とか――」

「なるほど、貴重な情報でした。ちなみに御津島さんは何かトラブルを抱えていませんでしたか？」

「トラブルと言われましても——」

「立場上、口外しにくい話かと思いますので、こちらから一点。御津島さんは誰かのベストセラー作品が盗作であることを暴露しようとしていました。それが殺害の動機だと考えています」

——御津島さんの代わりに、あの作品が盗作であると暴露してもいいんですよ……？

先日も盗作被害者だと訴える女性作家が編集部に乗り込んできて、脅し文句のように口にした。

安藤は慎重な口ぶりで答えた。

「それは御津島先生ご自身の作品のことかもしれません」

電話の向こう側から、数人が「え？」と当惑の声を漏らすのが聞こえた。

「御津島さんご自身の——というのは？」

「……実は御津島先生は半年ほど前から盗作疑惑をかけられていまして。もちろん表立って騒がれてはいません。ある新人の女性作家が『七年前に新人賞に応募した作品のアイデアを盗用された』と訴えていました。二ヵ月ほど前にその作品の版元に手紙を送ったものの、なしのつぶてだったらしく、最近は僕のもとに糾弾にやって来ていました」

数日前から頭を悩ませていた問題だった。編集部に乗り込んできた新人の女性作家から責められ、御津島磨朱李の名誉を守るためにどうすればいいのか、苦しんでいた。自分の担当作でないにしても、盗作作家の不名誉はキャリアに大打撃を与える。

まさか御津島磨朱李本人が告白の決意をしていたとは――。

向こう側から「俺たちの中の誰かの作品じゃなかったのか……」とつぶやく声が漏れ聞こえた。

安藤は深呼吸して答えた。

「もし御津島先生が告白の覚悟をされていたなら、過去の過ちを認めなければ勝負作も胸を張って刊行できない――とお考えだったのではないでしょうか」

「……参考になりました」天童寺が答えた。「どうもありがとうございます。これで真相にたどり着いたように思います。事件は警察に通報済みですから、しばらくしたら報道されるかもしれません」

安藤はごくりと唾を飲むと、受話器を置いた。

26

錦野光一は、書斎のデスクに置いてあるスマートフォンを他の面々と見つめていた。

衝撃の余韻が抜けきらない。

天童寺琉が電話を切り、「さて」と顔を上げた。その厳しい眼差しの先には、観念したように無言で立ち尽くす〝安藤〟の姿があった。

「本物の安藤さんは仁徳社編集部にいました。あなたは安藤さんになりすました偽者です」

林原凜が「じゃあ、この人は誰なんですか」と訊いた。

山伏が言った。

「警察が来たらもう誤魔化せませんよ」

〝安藤〟が唇を歪めた。

「推測は可能です」天童寺琉が言った。「本物の安藤さんとの電話で、招待状や原稿を盗める人間はかぎられている、という話でした。当然ですね。誰でも編集部に出入り自由なら大変なことになります」

藍川奈那子が「もちろんです」とうなずいた。

「安藤さんは話の中で、〝打ち合わせなどで編集部を訪れた作家先生〟――と言いました」

「じゃあ、偽の安藤さんは作家――」

「おそらく、そうでしょうね。仁徳社編集部を訪れたとき、安藤さんのデスクにある原稿と招待状を見つけたんです。〝彼〟――便宜上そう呼びますが、〝彼〟は同封された手紙を読んで衝撃を受けます。何しろ、招待客を集めた会で、誰かの盗作を暴露する計画だと書かれていたからです」

「御津島先生の原稿と招待状が置かれていたら気になる気持ちは理解できますが、いくらなんでも勝手に開封するなんて――」

「その疑問に関しては後で本人から伺いましょう。とにかく招待状の手紙を読んで会の目的を知った〝彼〟は、安藤さんがまだ見ていない招待状と原稿を持ち去り、編集者になりすますことを計画したんです。自分の盗作が暴露される前に口封じするために――」

「自分の盗作を――」

「そうです。〝彼〟には盗作の心当たりがあったので、自分の作品が暴露されると思い込んだんです」

「〝彼〟は一体何者なんですか」

「ここで思い出してもらいたいのは、錦野さんのトイレ中にメモが差し入れられた話です。錦野さんを容疑者に仕立て上げるための罠だったことは明白です。当然、差し入れる動機がある人物は、御津島さんの殺害を計画している〝彼〟しかいません。しかし、錦野さんの話によると、トイレから飛び出て、誰がメモをよこしたか特定しようとしたとき、〝彼〟は獅子川さんと会話中で、アリバイがありました」

「そうでした」錦野は言った。「皆、アリバイがあるか、工作が不可能な状況だったから、誰がメモを差し入れたか、分からなかったんです」

「前提としてメモを差し入れたのは〝彼〟。しかし、その〝彼〟はソファに座って獅子川さんと会話中だった。途中で立ち上がってトイレのドアの下からメモを差し入れたら当然バレてしまいます。その問題を解決する論理《ロジック》は一つ」

　天童寺琉は人差し指を立てると、獅子川正に顔を向けた。

「二人がグルだということです」

　全員の目が一斉に獅子川正に注がれた。

「冗談はやめてください」獅子川正は顔を顰めていた。「誰かも知らない相手とグルになって殺人――？」

「そうですよ、天童寺さん」藍川奈那子が言った。「さすがに荒唐無稽ですよ」

「持論のために無理やりこじつけた論理ですよ、それは」獅子川正が反論した。「〃彼〃以外の誰かがメモを差し入れたんでしょう」

「いいえ」天童寺琉が首を横に振った。「それはあり得ません。他の誰かがそのような不審な行動をしていたら、ソファで話していた獅子川さんに必ずバレていたはずです」

「……僕らはトイレに背を向ける形で向き合っていました。後ろで誰かが動いていても気づかなかったはずです」

「その可能性は否定しませんよ。しかし、僕は確信しています。お二人が共犯関係にあるのだ、と」

「馬鹿な。殺人なんかに協力するはずがないでしょ」

「普通に考えればそうです。赤の他人の殺人計画に乗っかるには、相当な動機が必要です」

「でしょう？　だったら――」

「二人が赤の他人でなかったらどうでしょう」

山伏が「え？」と驚きながら、二人の顔を交互に見た。「肉親とか――？」

「いえいえ」天童寺琉が手のひらを振った。「違いますよ。お二人は運命共同体と言いますか……。ある意味では家族より深い繋がりがあるんです。僕らは御津島さん以外に覆面作家の存在を知っているはずですよ。そうですよね、獅子川真さん」

　錦野はあまりの衝撃にたじろいだ。

「獅子川真って、コンビ作家のもう片方……」

「はい」天童寺琉がうなずいた。「伺ったお話だと、獅子川正さんと獅子川真さんはコンビで作品を作っていて、相方の真さんは人見知りで表に出てこないプロット制作担当だそうですね。御津島さんと同じく、顔は一般に知られていません」

〝安藤〟の顔は蒼白になっていた。獅子川正も視線が定まらず、動揺が見え隠れしている。

「お二人は初対面を演じていましたから、僕らは全員、見事に欺《あざむ》かれていましたね」

――良かったですね、獅子川さん。あ、ご挨拶が後になってしまって、すみません。僕は仁徳社の編集者で、安藤と申します。御津島先生を担当しています。

――初めまして。仁徳社は頑張って著作を売ろうとしてくれたので、感謝しています。結果が振るわなかったのは、ひとえに僕の力不足です。

――とんでもないです。良い作品をいただいたにもかかわらず、ご満足いただける結果に繋がらなかったのは、弊社の責任です。

　全員が揃って挨拶したとき、獅子川正と〝安藤〟はそんな会話を交わしていた。

「獅子川正さんは、御津島さんの消失を事件にすることを避けたがっていましたね。僕らが通報を躊躇するように誘導したり……。立場を考えればそれも当然ですね。警察に調べられたらまずいですから。御津島さんの絶叫が聞こえたとき、二階を調べるように先導したのも獅子川さんでした。隠し部屋の存在を一笑に付して否定し続けたのも当然です。御津島さんの盗作の暴露という会の目的に関して、深刻に考えていないような言動の数々も、自分には殺人の動機がない、と他の人たちの無意識下に植えつけるため——と考えたら納得できます」

林原凜が獅子川たちを交互に見た。

「本当なんですか……」

二人が答えずにいると、天童寺琉が言った。

「もう隠し事は不可能です。御津島さんの死体が見つかり、アリバイトリックが露呈し、警察にも通報済みです。警察がやって来たら正体を隠すことはできませんよ」

何秒かの間があった。沈黙が雄弁に二人を責めている。

やがて〝安藤〟が嚙み締めた下唇を震わせ、諦念の籠もった声で答えた。

「おっしゃるとおり、僕は——獅子川真です」

改めて場に動揺と困惑が広がった。

担当編集者を名乗っていた〝安藤〟は、コンビ作家の獅子川真だった——。

「……全て、天童寺さんの推理どおりです」

悲嘆が絡みついた声だった。

「盗作の話も——？」

錦野は彼に訊いた。

獅子川真は相方と顔を見合わせた後、弱々しくうなずいた。

「連載中の作品が見切り発車で、締め切りが迫っているのに肝心のメイントリックが思いつかず、追い詰められていたんです。そのとき、アメリカの小説サイトでたまたま見つけて読んだことがあった短編小説のアイデアが頭に浮かんできたんです。海外のサイトの、英語の、マイナーな小説なので、バレないと思ったんです。でも、アイデアを盗作した連載小説が話題になるにつれ、不安が増していきました。『こんなアイデア、前にも見たことがある』なんてレビューを見ると、盗作がバレて吊るし上げられる恐怖にとり憑かれました。そんなとき、正に招待状が届いたんです。正が御津島邸に招待されていました。僕は御津島さんの真意を疑いました。完全に疑心暗鬼になっていた僕は、その時点で正に自分の過ちを告白し、相談したんです」

獅子川真が相方を見ると、今度は獅子川正が語った。

「僕が打ち合わせで仁徳社を訪ねたのはその二日後でした。編集部には何人かの編集者がいましたけど、僕は自分の担当編集者の安藤さんを待っていました。そんなとき、郵便物の係の人が大小の封筒を運んできて、安藤さんのデスクに置いたんです。どちらにも御津島さんの名前がありました。封筒は僕が受け取った招待状と同じでした。僕は招待状を思わず手に取っていました。担当編集者宛の招待状なら、何か目論見が書かれているかもしれないと思ったんです」

藍川奈那子が独りごちた。

「それが招待状を勝手に盗み見た理由――」

「密かに招待状を開封すると、同封の手紙に、ある作品の盗作を明かすつもりだ、と書かれていました。僕は慌てました。それは間違いなく僕らの作品のことだと思ったからです。まさか御津島さん自身の罪の告白とは夢にも思わず……。僕は何とか阻止しなければいけないと思い、招待状と原稿を持ち去りました。安藤さんがまだ招待状の存在を知らなければ、真がなりすませると思ったんです。本来なら御津島邸に行けるのは、招待状を受け取った僕だけです。でも、安藤さんになりすませば、真も御津島邸に行けます。その時点でよからぬ考えが頭にあったとも言えます」

「やはり安藤さんは獅子川さんの担当編集者だったんですね」天童寺琉が言った。「御津島さんの記憶は正しかったんです。しかし、自分たちの繋がりを悟られないようにでしょう、安藤さんになりすました獅子川真さんが初対面を演じ、その結果、御津島磨朱李が本物か偽者か、という疑惑が生まれたんです。それによって、安藤さんのほうが偽者ではないか、と僕に疑われることになりました」

　獅子川真が「結果論ですが、迂闊でした……」とつぶやくように言った。

　獅子川正が話を戻した。

「何にしても、よからぬ考えが具体的になったのは、御津島さんの原稿の存在でした」

　天童寺琉が「原稿の内容は？」と訊いた。

「もちろん御津島さんの新作ミステリーです。それは御津島邸を舞台にした殺人劇の本格推理小説でした」

「ここを舞台に？」

「そうです。冒頭では、地下室で〝御津島磨朱李〟が殺害されるシーンが書かれていました。フィクション性を強めるためか、ぼさぼさの白髪や口髭など、実際の御津島さんとは異なる外見描写がされていましたが」

「あなた方はもしかして――」

「はい。僕らは御津島さんの原稿の中のトリックを再現したんです」

そういうことか。御津島邸の構造を利用したトリックを部外者が考えついたことが謎だった。家主の御津島磨朱李自身が考えたトリックだったなら、納得できる。

「原稿では、冒頭の殺人シーンの他は、トリックの解決シーンのみで、中盤がごっそり抜けていました。だからこそ御津島さんは僕らを招待したんです」

「どういう意味ですか」

「食事の席で御津島さんは、フィクションの登場人物の人権がどうの、と話題を提供されました。唐突な話題でした。それは登場人物である僕らの感触を確かめるための質問だったんです」

錦野は「は？」と眉を顰めた。

「今回の集まりの本当の目的は、自分自身が考えたトリックが実現可能か、僕たちを使って実験することだったんです」

――では、フィクションの登場人物が現実の個人をモデルにしている場合はどうだろう？

――たとえば、私が君たちと同じ名前を使ってミステリーを書いて、作中で殺した場合は？

御津島磨朱李はそんなことを話した。彼の大ファンである藍川奈那子は、『御津島先生の著作に登場できるなら、殺される役目でも、犯人の役目でも、私なら嬉しいです』と返していたことを覚えている。

――私の家は私のネタにさせてくれよ。

御津島磨朱李がそう言ったのは、すでに自作で使う具体的な構想があったからか。

「天童寺さんを招待したのも、実際の名探偵に自分のトリックが見破れるか試すためだったんですよ。天童寺さんに見破られなければ、自信を持って作品に使えます。原稿の内容を知っている担当編集者に――真に仄めかした話です」

天童寺琉は合点がいったようにうなずいた。

獅子川正が続ける。

「おそらく、御津島さんは小説の原稿と同じく、自分が殺人被害者を演じる予定だったんです。実際に会って話をしてみて、犯人役は藍川さんにお願いすることにしたんだと思います。だから、隠し金庫の暗証番号の〝犯人〟は藍川さんの苗字に設定されていたんです。本来はそれがこの会のメインの催しだったんです」

なるほど、それで謎が解けた。なぜ生前の御津島磨朱李が〝犯人〟を知っていたのか、ずっと不思議だった。自分を狙う〝犯人〟を知っていたら、殺されないように警戒するはずだ、と。

隠し金庫の暗証番号は、本物の事件とは関係なく、御津島磨朱李の催しの一環だったなら矛盾はなくなる。

今度は獅子川真が語りはじめた。

「御津島さんが書斎で一人きりになってしばらくしてから、僕はノックして部屋を訪ねました。どうやら御津島さんはすでに僕を疑っていたようです。獅子川正の担当編集者であることを否定したせいで、不審を招きました。御津島さんはその場では自分のほうが間違っていたと引き下がりましたが、実際は怪しんでいたようです。僕は新作のトリックを知っている人間です、と伝えて、地下室へ誘いました。御津島さんもまさか殺意を持たれているとは想像もしなかったんでしょう。僕の正体に興味をそそられたようで、二人きりで地下へ下りました。後は天童寺さんの推理どおりです。御津島さんを襲って拘束し、タイミングを見計らって〝絶叫〟させて刺殺しました。さながら『そして誰もいなくなった』のインディアン人形のように本を消すアイデアも御津島さんの原稿のとおりでしたが、あえて実行したのは、そのほうが御津島さんの催しに見えて通報を阻止できると考えたからです」

御津島磨朱李は自分が作中で披露しようとしたトリックで殺されてしまった――というわけか。

獅子川真がまぶたを伏せたままかぶりを振った。

「結局、僕は他人のトリックを盗用して自分の作品を裏切って、疑心暗鬼に陥って、また他人の――御津島さんのトリックを盗用して罪を見破られて……」

ははは、と乾いた笑いがこぼれる。
書斎には絶望的な空気が立ち込めていた。

エピローグ

書斎の暖炉の前でアームチェアに座っている男は、ランプの仄明かりの中、小説の文章を目で追っていた。

物語の最後は、隠し部屋の地下室を利用したアリバイトリックを見破られて追い詰められた犯人のミステリー作家が自供し、観念するシーンで終わっていた。

読み終えた小説を閉じると、表紙には『そして誰かがいなくなる』というタイトルが躍っていた。

自然と口元が緩む。

そのとき、チャイムが鳴った。

男は置き時計に目をやった。

午後七時半――。

そうか、もうこんな時間か。

物語に夢中になっていて、時刻を失念していた。

男はアームチェアから腰を上げると、一息ついてから書斎を出た。廊下を抜けてホールへ行き、玄関ドアを開けた。

立っていたのは、カジュアルな服装に身を包んだ若者だった。平たい鼻で、眼鏡をかけている。

「時間どおりだね、安藤君」

若者――安藤は丁寧にお辞儀をした。

「初めまして……と申し上げればいいのでしょうか」

「初対面だからね。『そして誰かがいなくなる』の評判は上々で、作者としても何よりだ」

安藤はごくりと喉仏を上下させた。

「本当にあなたが――」

男はにやりと笑ってみせた。

「ああ、私が御津島磨朱李だ」

安藤が目を瞠った。

「御津島先生……」

「まあ、立ち話もなんだから、中で話そうじゃないか」

御津島は踵を返し、室内に戻った。安藤が中に入り、ドアを閉めて靴を脱いだ。

「失礼します」

彼はスリッパに足を差し入れ、吹き抜けのホールとサーキュラー階段を眺め回した。感嘆のため息をつく。

「これが御津島邸――」

「ああ」

「小説の描写そのままです……」

「当然だよ。舞台のモデルだからね」

御津島は彼を書斎に案内し、アンティーク風のプレジデントデスクを挟んで肘掛け椅子に腰掛けた。

安藤は言葉を探すように身じろぎしている。

「さて、訊きたいことがたくさんありそうだね」

切り出してやると、安藤が「はい」と慎重な顔つきでうなずいた。

「何でも答えよう。そのために招いたのだからね」

安藤はごくりと唾を飲み込んだ。

「何からお訊きすればいいのか……」彼はしばし視線をさ迷わせた後、決意したように口を開いた。「御津島先生が生きていらしたとは思いませんでした」

御津島は、ふふ、と笑みをこぼした。

「生きていたからこそ、原稿を送ることができた。そうだろう？」

「それはもちろん……。しかし、原稿が編集部に届いたときは、正直、不気味に感じました。一体誰が送ってきたのか――と」

「だろうね」

「何しろ、拝見したら、現実の事件がそのまま物語になっていましたから」

「〝御津島磨朱李殺害事件〟だね」

「はい。世間一般にはそのように呼ばれています。現役のミステリー作家が自宅で殺害されて、逮捕された犯人が同業者――。悪い意味で出版業界が注目された事件でした」

「このような森の奥深くに暮らしている私も、インターネットくらいは扱えるからね。反応はよく知っているよ」

「作品の内容は、人物名こそ変えられていましたけど、まるで実際の事件を目の前で見てきたような具体性がありました。居合わせた錦野さんも読まれたようで、相当驚かれていました」

コンビ作家の獅子川正と真が起こした事件は、現実そのままの内容でフィクション化した。

「安藤君もまさか犯人が自分になりすまして参加していたとは、思いもしなかっただろうね」

「はい。デスクに届けられた原稿が盗まれるなんて――。危機管理が甘かったです」

「編集部にやって来た作家が他作家の原稿を盗むなんて、誰も想像しないだろう。その点は同情する」

「御津島先生は、参加した作家から事件の詳細をお聞きになって物語化を――? 何より、御津島先生が生きてらしたなら、殺害された〝御津島磨朱李〟は一体――」

御津島は視線をわずかに落とした。

「殺害された〝御津島磨朱李〟は、言わば〝幽霊《ゴースト》〟だよ」

「〝幽霊《ゴースト》〟？」

「〝御津島磨朱李〟だった男は――便宜上、A氏と呼ぼうか。A氏は私の熱烈なファンでね。

藍川奈那子君以上の、ね。出会いは三年ほど前に遡る。A氏の作品は、私が選考委員を務める新人賞で最終候補に残った。その作品の中で暗号トリックを用いていたんだが、実はそれが二重構造になっていてね。物語の中ではしっかり解読されて解決するんだが、私の初期のある作品の暗号解読法を用いれば、別のメッセージが浮かび上がる仕掛けになっていた。売れずに絶版になったマイナーな作品だから、よっぽどのファンでなければ知らないだろう。つまり、私にだけ伝わるメッセージが隠されていたわけだ」

「メッセージ？」

「他愛もない内容だよ。私の作品への想いと自身の電話番号だ。彼の応募作は私の作風の影響が強すぎて既視感が強く、全選考委員に推されないまま落選した。だが、私は彼のトリックの仕掛けに気づき、興味をそそられて連絡を取ったんだよ。選考委員への媚――という見方もできたが、それなら連絡先などは仕込まないだろう」

「そんなことが……」

「電話で話し、いろいろと聞いた。A氏は、自分には小説の才能がない、と語った。私の作品を愛するあまり、どんな物語を書いても、私の作風に似てしまう。それが悩みだという」

「そのようなアマチュア作家は珍しくありません。文体が独特な作家の愛読者が小説を書いたら、下手な模倣作になることも」

「A氏は決して下手くそな模倣者ではなかった。実際、A氏が過去に書いた物語を送らせると、たしかに私の影響が色濃かった。いや、影響という表現は不適切だろう。A氏は〝一流の贋作師〟だったんだよ。そのとき、私はふと思った。彼はゴ、ー、ス、ト、ラ、イ、タ、ー、にうってつけではないか、と」

「ゴーストライター……」

緊張を呑み下すように、安藤の喉仏が上下した。

「当時、自宅の新築を計画して設計の打ち合わせをはじめていた私には、懸念点があった」

「……懸念ですか？」

「資金――だよ。建物の理想を追求すれば、建築費用がどんどん上がっていく。そのためにも資金が必要だ。原稿を書かなくてはならない。だが、理想の邸宅を建てるには、設計の打ち合わせに専念したい。相反する問題を同時に解決する方法――。それがゴーストライターだった」

「なんと――」

「収入が必要な私と、自分の作品を世に出したいA氏――。利害が一致していた。A氏は自分の名前にはこだわっていなかったからな。この三年間の作品は、私が作ったプロットをA氏が執筆していたんだよ。何にせよ、御津島邸の計画を立てたころから、私の中では勝負作の構想があった」

「今回、弊社から刊行された新刊ですね」

「ああ。フィクションと現実の境界線を曖昧にして、物語をきわめてリアルに作り上げた本格推理小説――。小説一作のために、物語の舞台となる邸宅を先んじて建てた作家はそういないだろう？」

「はい、おそらく」

「実際に建てた邸宅に、訳ありの招待客たちが集められ、そこで物語が起こる——。それこそ私の狙いだった。考案したトリックを含め、実現可能かどうか、壮大な実験だよ」

「招待客はそのために選出を——？」

「こんな生活をしていても、作家同士のいざこざなどは全部、耳に入ってくる。錦野君と林原さんの一方的な関係や、山伏氏と藍川さんの因縁とか、ね」

安藤は、お人が悪い、とでも言いたげに苦笑した。

「語られた推理の大部分は的中していたが、誤りもある。私が暴露しようとしていた盗作作品は、自作ではないよ」

「え？」安藤が目を見開いた。「しかし、御津島さんの盗作を訴える新人作家が——」

御津島はかぶりを振った。

「被害妄想が強い作家や読者は珍しくないだろう？　過去、冤罪の告発がいくつかあった？」

「おっしゃるとおり、何件か思い当たります」

「出版社経由で盗作を訴える手紙を受け取ったとき、獅子川君の作品の存在を思い出した。実は数ヵ月前にアメリカの作家とメールでやり取りしたとき、話題に出したんだよ。独創的なアイデアだったからね。そうしたら、ある短編作品に先例があるというではないか。そこで私は獅子川君の招待を決めた」

「それでは、盗作の暴露というのは、最初から獅子川さんの作品だったということですか」

「実際に暴露するつもりはなかったよ。先例があるからといって盗作かどうかは別問題だからね。偶然の一致などいくらでもある。結果的には心当たりがあって、事件に繋がった。A氏には申しわけないことをしたと思っているよ。私の身代わりで〝御津島磨朱李〟として殺されたのだから」

御津島は悔恨を嚙み締めた。

「……フィクションと現実の境界線を曖昧にすべきではなかった。『MEG ザ・モンスター』の監督ジョン・タートルトーブは、〝作り物だと分かっているからホラー作品は人気だ〟と言った。フィクションだからこそ観客は安心して恐怖を楽しめるのだ。私はその精神を忘れていたのかもしれない。今回の計画は、招待客の一人に協力を仰ぎ、〝御津島磨朱李〟の消失トリックを仕掛けて、現実の人間たちの言動を観察する――というものだった。新作で抜けている中盤を執筆するために」

「A氏が〝御津島磨朱李〟を演じたなら、御津島先生ご本人は――」

――やはり館の主と言えば黒幕かな。物語の最後に登場して、登場人物たちの度肝を抜く役回り――。どうせならどんでん返しの立役者を演じたいね。

設計の打ち合わせの際、雑談をして営業担当者たちに語った台詞が脳裏に蘇る。

御津島は、ふう、と嘆息を漏らした。

「作家の業――かな。死者が出たにもかかわらず、それを物語に落とし込む欲求に逆らえなかった」

　安藤が再びうなずく。

「私は今回の事件の全容を知っている。ちゃんと中で全てを見ていたんだよ」

「それはどういう――」

「獅子川君は原稿のプロローグを読んで、〝御津島磨朱李〟の外見描写の違いを〝フィクション性を強めるため〟と誤解したようだが、私は作中でも自分の外見を正確に描写していたんだよ。彼が先入観に囚われていなければ、私の正体を見抜けたかもしれないね」

　御津島は笑みをこぼすと、口髭を撫でた後、アインシュタイン然としたぼさぼさの白髪を整えた。

「御津島様がお招きになったお客様でいらっしゃいますね。ご招待状はお持ちでしょうか」

　御津島は、招待客の前で何度も繰り返した台詞を口にした。

　安藤がはっと目を見開いた。

「そうそう。告白ついでに、君から何度か訊かれていた質問に答えよう」

「え？」

「私が覆面作家を選択した理由だよ」

「教えていただけるのであれば――」

「この業界が過酷であることは編集者なら周知の事実だろう。デビュー作の評判はそのままその後の作家人生を決定づける。例外はもちろんあるにせよ、デビュー作が評価されなかった苦境から大逆転するのは至難の業で、やはりデビュー作が注目された作家ほどその後も順風満帆だ」

「……おっしゃることはもっともです」

「デビューから十年も経ち、中堅作家と言われるようになると、悲しいかな、文壇での自分の立ち位置《ポジション》が決まってしまう。傑作を書いたつもりでも自分で期待したようには注目されず、話題にならないまま消える。新鮮さがないんだよ。綺麗事を言ってもそれが現実だよ。作家としての限界が見えてしまう」

安藤は耳が痛そうにうなずいた。

「新鮮さを失った作家が新鮮さを取り戻すには、どうしたらいいと思う？」

「……新しい作風に挑戦する、とかでしょうか」

「編集者らしい回答だね。それが奏功するケースも稀にあるが、大抵は見向きもされないまま終わってしまう。それまで積み上げてきた〝武器〟を捨てるわけだからね」

「それでは一体どうすれば――」

「再デビューだよ」

再デビュー。

プロとして小説を書いてきた作家が新人賞に応募し、受賞して新たなスタートを切ることだ。多くの場合、注目度の高い大きな新人賞を狙ったり、異なるジャンルの新人賞を狙う。再デビューで大化けした作家は決して珍しくない。

「もちろん再デビューしたからといって、必ずしも注目されるわけではない。プロアマ問わずの新人賞と言っても、応募者の大半はアマチュアだからね。ある意味では受賞して当然の立場だ。受賞しても新鮮味に欠けるし、旬を過ぎた作家という扱いは変わらない。しかし、完全な新人として再デビューするならどうだろう？」

「まさか御津島先生も――」

「私のペンネームは語感で御津島《みつしま》と自称しているが、実は御津島《おつしま》だ――というエピソードは君も知っているだろう？　本名を別の読み方をさせるなら分かるが、ペンネームなのに正しい読み方が存在することに違和感を持たなかったかな？」

「言われてみれば――」

「理由は簡単だよ。本来の読みである『ＯＴＳＵＳＨＩＭＡ　ＭＡＳＨＵＲＩ』はアナグラムになっているんだよ」

「アナグラム……」

「アルファベットを入れ替えたら本当の名前になる――ということだよ」

安藤はアルファベットを思い浮かべているのか、英語の難問を前にしたような顔をしていた。

御津島は笑みを浮かべた。

「二十年以上前、謎の失踪を遂げた乱歩賞作家がいてね……」

担当編集者の「下村さんのご自宅を舞台に名作のオマージュを書くのはどうですか」という提案から生まれた物語です。

著者　ATSUSHI　SHIMOMURA

（了）

謝辞

『ユニバーシス（有限会社国際規格住宅研究所）』取締役社長・眞鳥喜吉さん。営業担当の眞鳥裕生さん、施工管理の眞鳥厳生さん。一級建築士の葉山邦和さん、インテリア・デザイナーの畠中智子さん、広報の齋藤優希さん。

僕の「同業者や編集者やミステリーファンに面白がってネタにしてもらえるような、何かが起こりそうな洋館を建てたいんです」というぶっとんだ希望に対し、設計の打ち合わせに二年間、建築に一年間、共に楽しんで全力で家造りを行ってくれた皆さんに本書『そして誰かがいなくなる』を捧げます。

大工の橋本安男さん、菅道招さんは一年間、本当に楽しんで家を建ててくださいました。素晴らしい書斎を造ってくださった『精華スタジオ』の若吉浩司さんには、「本を傾けたら隠し本棚扉の鍵が開くようにしましょうか？」と提案までしていただきました。

『ドライテック』の佐藤育夫さん、佐藤隼さん。『隆建設』の佐々木隆二さん。『株式会社伊田設備工業』の伊田博樹さん。『いとうでんき』の伊藤敬規さん。『コズモ建築事務所』の田部晴雄さん、田部雄亮さん。

皆さんのおかげで最高の邸宅が生まれ、そして、本書が生まれました。『ユニバーシス』とは、今でも家族のような親密な付き合いがあり、作中の建築関連の記述に関しては監修もしていただきました。ありがとうございます。

『そして誰かがいなくなる』の舞台

https://www.univer-sys.com/atsushi-shimomura/

初出
Webサイト「BOC」2022年５月～2023年４月掲載

写真・装幀　坂野公一（welle design）

And then
someone
disappears

下村敦史
1981年京都府生まれ。

2014年に『闇に香る嘘』で第60回江戸川乱歩賞を受賞しデビュー。

同作は数々のミステリランキングにおいて高い評価を受ける。

同年に発表した短編「死は朝、羽ばたく」が第68回日本推理作家協会賞短編部門候補、『生還者』が第69回日本推理作家協会賞の長編及び連作短編集部門候補、『黙過』が第21回大藪春彦賞候補となる。

『難民調査官』『叛徒』『真実の檻』『失踪者』『告白の余白』『サハラの薔薇』『悲願花』『刑事の慟哭』『絶声』『法の雨』『同姓同名』『ヴィクトリアン・ホテル』『白医』『アルテミスの涙』『情熱の砂を踏む女』『ガウディの遺言』『逆転正義』など著書多数。

そして誰《だれ》かがいなくなる
2024年2月25日　初版発行
2024年4月25日　再版発行

著者　下村敦史《しもむらあつし》
発行者　安部順一
発行所　中央公論新社
〒100-8152
東京都千代田区大手町1-7-1
電話　販売 03-5299-1730
　　　編集 03-5299-1740
URL https://www.chuko.co.jp/
ＤＴＰ　嵐下英治
印刷　大日本印刷
製本　小泉製本

Published by CHUOKORON-SHINSHA, INC.
Printed in Japan　ISBN978-4-12-005744-1 C0093

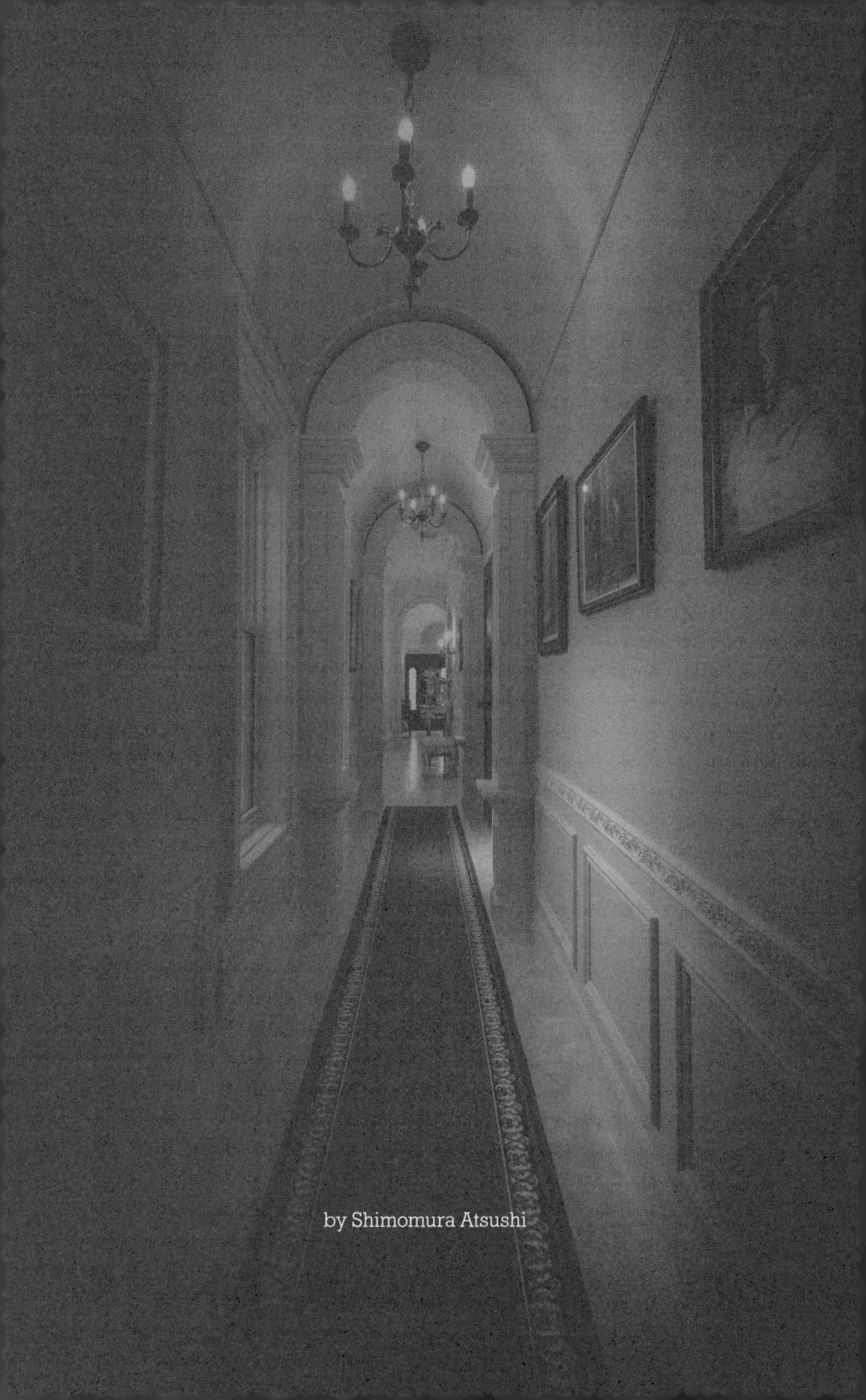
by Shimomura Atsushi